重症児ガール

ママとピョンちゃんの
きのう きょう あした

福満 美穂子 著

本稿は、『ともしび』（公益社団法人日本てんかん協会東京都支部発行）二〇〇七年九月～二〇一四年九月の連載「ピョンちゃん日記」を抜粋、加筆・修正したものです。

はじめに

「恩送り」

「娘さんとお母さんの生活を書いてみませんか」と、てんかん協会東京都支部よりお話をいただき、『ピョンちゃん日記』と題して連載をスタートしたのが八年前でした。そして今回、一冊の本にしていただくことになりました。

この本では、重症心身障がい児の母親が、日常で思ったことを淡々と綴っています。こんな育児もあるのだなと感じていただき、まさに、今悩んでおられるご家族が少しでも、お子さんとの未来に希望をもつことができたらいいなと思っています。

障がいをもつ子の先輩お母様から教えてもらった、「恩送り」ということばがあります。これは、今までお世話になった方に直接恩返しができなくても、自分の経験や想いをまた別の方のために役立てる、恩を送っていく、という素敵なことばです。

私はこれまで、多くの方にたくさん励まされ、教えられ、心身ともに寄り添っていただいてきました。この本を通して、私もちょっぴり「恩送り」ができたらうれしいです。

プロローグ

わが家の長女は、予定日より一カ月早く、三十五週で生まれてきた女の子です。

私と娘はいつもワンセット、常に行動を共にしています。子育て中には、誰しもそういう時期があるものですが、幼稚園や保育園に行きだし、やがて学校にあがると、親は子どもとちがう時間を過ごすことが多くなります。でも、娘には「医療ケア」があるし、常に吸引機械を持ち歩かなければいけないし、てんかん発作も多様で抑制がきいていないので、なかなか誰かに預けることができません。この状況がこれからもずっとつづくかと思うと、私自身が子離れできなくなりそうで不安になります。

＊

昔みていたTVアニメに、「ど根性ガエル」というのがありました。ひょんなことで、カエルのピョン吉が主人公ひろしのTシャツにくっついてしまうという話です。いつも一緒で離れられないところは、私と娘そっくり。アニメの中でピョン吉は、自分の行きたい方向へシャツごとひろしを引っ張って行って、周囲を振り回します。娘も突然私を病院へ引っ張って行き、そのまま入院になることも多いのです。

というわけで、ここでは娘を「ピョンちゃん」と呼ぶことにしました。

そのうち、いつか天気のいい日にシャツを干して、私は別のシャツに着替えることがあるのでしょうか。一人で風に揺られているピョンちゃんを、眩しく眺める時がやって来る日があるのでしょうか。

これから、私とピョンちゃんの日常を、思うままに綴っていきます。

本文イラスト …… 福満美穂子

1部

ピョンちゃんとの暮らし

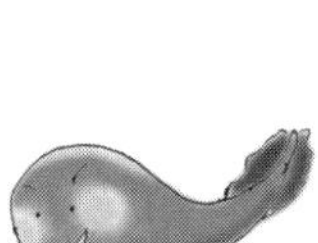

1章 はじまり

ピョンちゃんとの暮らし

生まれた日

ピンク色の女の子

二〇〇三年春、結婚五年目にして待望の妊娠をした私は、初期からトラブルつづきでした。血圧や血糖値が上がってしまい、切迫早産にもなって何度も入退院をくり返し、最後の二カ月間は病院のベッドで寝たきりの生活。検査に行くときには、車いすに乗せられるまで重病人のよう。それでもピョンちゃんはお腹の中ですくすくと育ち、生まれた時の状態は「九十九％心配ない」と、言われたのです。

枕元に連れてこられたピョンちゃんは、ピンク色の肌と透明のうぶ毛が、本当にかわいらしい子でした。生まれてすぐの赤ちゃんがこんなにきれいなことに驚きつつも、出産時に血圧が上がってしまった私には、ピョンちゃんを抱く気力がなく、抱っこしてよろこんでいる夫をうらやましく思ったのでした。

ピョンちゃんは少し早く生まれたため、新生児室で全身をおおう透明の箱に入れられました。数時間して体調が落ち着いた私は、ドキドキしながら会いに行き、丸い穴から箱の中にそっと手を入れました。するとピョンちゃんは、生まれて間もないのに私の親指をちっちゃな手でギュッと力強く握ってくれたのです。ところがそのあと容体が急変し、原因不明で脈が落ちてＮＩＣＵ（新生児集中治療室）のある病院へ運ばれることになりました。

明け方空が白むころ、車いすに乗せられた私は、病院の玄関でピョンちゃんの乗った救急車を見送りました。入院した時は真夏だったのに、いつの間にか季節は変わっていました。澄んだ外気の冷たさよりも全身がひやりとして、消えゆくかもしれない命を心細く見つめながら、まだ一度も抱くことのなかったわが子の指の感触だけが、たしかなものとして私の手に残されました。

この時の影響で、ピョンちゃんは脳に酸素がいかなくなり、大脳のほとんどがダメージを受け、「脳性まひ」となりました。後遺症として「難治性のてんかん」を発症し、寝たきりで重度の知的障がいがある状態です。

●NICU通い

ピョンちゃんが、「障がい児」というのはまったくの予想外でした。出産してゴールテープを切ったと思ったら、あれよあれよという間にNICUのある病院へ運ばれ離れ離れに。翌日から、入院中の病院で搾乳し冷凍した母乳を、ピョンちゃんの入院している別の病院へタクシーで運ぶ日々がはじまりました。私が退院すると、今度は自宅から電車に乗って母乳を運ぶことになりました。急いで電車に乗ろうとかけ出したら転んでしまい、電車を逃したことがありました。ずっと安静状態がつづいていたので、私の足は萎えていたのです。

買いものや寄り道をすることもなく、ただひたすら母としての義務をこなすために、足元だけを見つめて病院と自宅とを往復する毎日。自分が母になった自覚をもてないままに。子が生まれて一番幸せなはずのこの時期に、「なぜ、家に子がいないのか、なぜ、病院に毎日通わなければいけないのか」。ふつふつとわきおこる疑問を振り払うよう、私は必死に歩きつづけました。

病院に着くとトイレで母乳パッドを取り替えます。両方の乳房には、搾乳しすぎて青あざができていました。それでも吸ってほしいとパンパンに張って染み出てくる白い乳を、トイレットペーパーに搾乳しては便器に捨てていました。

二人きり

取り残されて

二カ月後にNICUから退院すると、やっとピョンちゃんとの生活がはじまりました。

夫も親もきょうだいも、ピョンちゃんが入院していた時にはみんな頻繁に見舞いに来てくれたのに、家での生活がはじまったら、私が期待していたほどかまってくれなくなりました。みんなが当たり前のように日常の生活に戻ってしまったことに、私は不満でした。私にはやらなくてはいけないことが満載で、ピョンちゃんとの生活をこなすことに夢中でした。だから家族が自分たちの生活や仕事のある中で、ピョンちゃんと私への心配がつづき、疲れ切っていたことに気づけませんでした。

現代の子育ては孤独だといわれていますが、障がい乳幼児の親は、それに輪をかけて孤独になりがちです。外出するのは通院のみ。体力や免疫力のない子どもを安易に外に出して病気をもらったら、場合によっては命とりです。必要なものは何でもインターネットで買える便利な世の中、食料品も宅配ですませていました。夫は朝早く家を出て帰宅は遅く、ピョンちゃんが生まれる前と同じように飲み会も多い。私の母も仕事があるし、近くに住んでいるわけではないので頻繁には来られない。気づくと一日中、ピョンちゃんと二人きり。取り残されたような生活を送っていました。

戸惑いの日々

ピョンちゃんが生まれてから、私はいつも不安でいっぱいでした。

でも、何をすれば不安が解消するのかわかりませんでした。病院のソーシャルワーカーさんから心理相談をすすめられても、なぜ私が受けなくてはいけないのか理解できません。だって病気なのはピョンちゃんなのです。「病院は病気を治すところだから、退院するころには治るはず。少し発育が遅くなるかも。薬をしばらくは飲まないといけないかも。でも、病院に通っているのだから大丈夫」。

なのに、病院の相談室で、療育センターや福祉制度の案内を次々と渡され、私は戸惑うばかりでした。療育センターという場所のパンフレットには、いかにも「脳性まひです」といった子どもの写真が掲載されていて、はじめて見た時には、正直、気味悪く思ってしまいました。

日々子どもの体調に気を使い、悶々と日中一人で将来を思い悩む生活。母親になりたてのこのころが、一番辛い時期でした。

三六五日
一〇〇人

少しずつ解消

退院後は、担当の保健師さんが、社会福祉協議会の家事手伝いボランティアさんに来ていただけるよう、手配をしてくださいました。本当は子育て支援のボランティアさんを申し込みたかったのですが、研修会に参加しなければいけないのと、障がいの重い子に対応できるボランティアさんがいないというので、家事手伝いで入っていただくことにしました。

そのうち年賀状の季節が過ぎると、子どもが生まれたことを知った友人が連絡をくれ、頻繁に遊びに来てくれるようにもなりました。

学生時代の友人、先輩の中には、福祉関係の仕事をしている人も多く、ピョンちゃんのおかげで疎遠になっていた旧友とも再会できたのです。

私はとても恵まれていて、どうしていいかわからなくておろおろしている間に、家族以外でかまってくれる人たちが増えていきました。いつどんな症状が出るのかわからないまま、この命は私の手の中にあると思うと、一日、一時間でさえピョンちゃんと二人きりでいることが怖かったのに、取り残されたような不安な生活は、少しずつ解消されていったのです。

多くの人に見守られて

「とにかく、一人の時間をなるべく少なくしたい」。そんな気持ちからどんどん人を呼んで、一日を「無事」に過ごすようになりました。家族、例えば夫婦とその親だけがピョンちゃんと接すると、一人の負担が重くなるけれど、三六五日を一〇〇人の人に関わってもらうようになれば、気持ちが楽になります。ピョンちゃんが来て、私には自由な時間が減り孤独になった、と思っていました。でもピョンちゃんがいたからこそ、孤独ではなくなったのです。三六五日、うちにはたくさんの人が出入りしていて、私とピョンちゃんは多くの人に見守られながら、人の温かみを感じながら、日々生かされています。

ヘルパーさんや看護師さん、友人たちは、私の愚痴や毎日のできごと、うれしかったこと、悲しかったことを熱心に聞いてくれ、励まし、ときにいさめてくれます。ピョンちゃんを中心に、寄り添ってくれる多くの人たちに囲まれながら、私は少しずつ安心することを覚えていきました。

「なぜ、ピョンちゃんは障がい児なのだろう」と、やるせない気持ちになることもあるけれど、ピョンちゃんはどんな状態であっても大事なわが子で、緊張感のある彼女との毎日も「まあ良いかな」と、少しずつ受け入れはじめてきたのです。

母子入園

親たちのオアシス

ピョンちゃんが一歳になったばかりのころ、親子合宿に参加しました。「母子入園」といって、就学前の障がい児と親が対象です。

基本的には八週間のプログラムで、月曜日から金曜日まで毎日メニューが決まっています。各専門スタッフが専属で付き、子どもに集中してリハビリを行い、親には家庭でしっかりケアができるよう、育児力を付ける支援をしてくれます。そこは都内でも見事な緑地帯で、施設には大きな木がたくさんそびえ立っていました。一組に一部屋ずつ、押し入れ付きの六畳和室があてがわれます。何より環境が良い。子どもにとってだけでなく、私の不安が一番強い時期だったので、絶大な安心感が得られました。

八週間のうち、毎週退園者と入園者が入れ替わる中で、仲間もたくさんできました。毎晩子どもを寝かしつけると、お母さんたちの宴会がスタートです。お酒がなくてもみんなでバカ話をし、腹がよじれるほどの大笑いをし、本当に楽しい合宿でした。「私たちにとってはオアシスだね」と、お母さんたちと話していました。

そう、ここでは子どもが障がい児であることも、育児の大変さも、日常の不自由さも、すべて忘れて生活できる場所だったのです。

●生活リズムのスタートラインに

朝は、八時四十五分にホールに集合して、お集まりの会からスタートします。

自宅では寝つきが悪く、いつも朝は遅かったのですが、ここでは朝早くから規則正しい生活をしなくてはいけません。ピョンちゃんは時々寝ぼけまなこになりつつも、はじめての集団保育活動に興味津々でした。

はじめて離乳食に挑戦したのも母子入園でした。初日のメニューはなんとラーメンです。麺がペースト状態になっていて、スープと具は別になっていました。普通食をそのまま再調理するので、エビチリ、シュウマイ、焼きそば、カレー、そしてうな玉まで出てきました。ピョンちゃんの今のグルメぶりは、ここで培われたのかもしれません。

はじめの二週間は、てんかん発作がひどくて親子で緊張していましたが、少しずつ生活リズムになれ、朝起きて夜しっかり眠ることができるようになってきました。そうすると、ピョンちゃんの機嫌の良い時間が増え、表情も豊かに。発作や健康状態に振り回されてばかりだった日常から脱して、はじめて親子して、生活をともにするスタートラインに立てた合宿でした。

アポロ園

歴史ある施設

一歳をすぎて四月から、区立の療育施設「アポロ園」に通うことになりました。アポロ園とは、発達に遅れや障がいのある子どもの幼稚園です。最初は週二回の親子通園からのスタートでした。

住宅街の奥まった場所に古い建物がひっそりと建っています。園庭は広く、遊具のほか、盛り土の小さな丘、実のなる木もあり、小さなロケットが看板になっています。アポロ号が月面着陸した年にできたという、とても歴史のある施設。もともとは、障がいのあるお子さんの保護者たちがはじめたとか。

一九七九年に養護学校が義務教育化される前、就学免除という名で、重い障がいをもった子どもたちは教育を受けられない時代がありました。そんな時代にすでに、就学前の子どもたちの支援の場がつくられていたのです。古くてバリアフリーとはほど遠く「アボロ園」と言われてしまうような施設でしたが、私はここに通えることに誇らしい気持ちになりました。

たくさんの初体験

十時ごろ、アポロ園にバスが到着。朝のあいさつで歌や手遊びをしたあとは、個別指導です。昼食後、紙芝居や手遊びをして、終わりのあいさつをし、またバスに乗って帰ります。それまで母子で過ごすことの多かった私たちにとって、アポロ園に通う日々は刺激的でした。

アポロ園では、たくさんの初経験がありました。まず外出が多い。動物園、水族館、遊園地、公園、どこにでも一般交通機関を使ってお出かけをします。公園では、私だったらぜったいに乗らないような急な角度のすべり台や、ロープ滑車といった遊具にも先生と一緒に体験。どんなに激しい遊びでもピョンちゃんはへっちゃらで、顔つきひとつ変わらずでした。

一年を通してプールの授業もありました。区営の温水プールに親子で入りにいきます。子どもたちは泳ぐのではなく、専門の指導員のもと水療育を受けます。あお向けに浮かせて、身体をゆっくりとゆらゆら左右に揺らします。普段緊張が強いピョンちゃんも、リラックスして身をまかせるのです。

入園した時には、ほとんどが発達障がいや少し発達が遅れていても、やがて保育園や幼稚園に移行していくお子さんばかりでした。ろうや盲のお子さんもいました。障がいの種別はちがっても、親の思いは同じです。子育ての最初のつまずきを感じた親同士が、ここで一緒に過ごした日々は、楽しい体験や思い出として、ピョンちゃんのアルバムを飾っています。

2章 わが家の日常

ピョンちゃんとの暮らし

食事

食いしん坊遺伝子

私は食いしん坊だから、食べたいものはこの世の中には際限なくあるように思えます。そんな私が一番辛かったのは、妊娠中の食事制限でした。

陣痛がきた時に頭をよぎったのは、「これで甘いものが解禁になるぞ」ということで、産後もうろうとした意識の中でも、病院のお祝い膳に添えられるたい焼きを思い浮かべて空腹をさすっていました。食べることは、私の生きがいそのものなのです。そしてピョンちゃんにも、食いしん坊遺伝子は受け継がれているようです。

お気に入りは「まるごとバナナ」

ピョンちゃんのNICUでの食事は、「経管《けいかん》栄養」でした。鼻から胃まで細い管を入れてミルクを注入していました。同時に、哺乳瓶で口から飲む練習もしました。十ccからスタートし、あっという間に八十ccまで飲めるように。ミルクの時間には、野太い声で真っ先に泣きはじめるのだと看護師さんが苦笑していました。

口から飲めるようになって退院したのは良いのですが、食いしん坊なのになぜかそれ以上は飲みが進まない。すぐにお腹が空くから泣く。哺乳瓶を変えてもミルクの種類を変えても私がお乳を含ませても、本人には飲みたい欲求はあるのにどうもうまくいきません。そのうち、「難治性のてんかん」を発症し、ますます飲む力が衰えてしまったのです。それでも口からなんとかミルクを飲ませて、母子入園後は自宅で離乳食をはじめました。一般的な離乳食からはじめ、アレルギーもなく貪欲に口を動かすので、何でもミキサーにかけて食べさせていました。

お気に入りは、「まるごとバナナ」。牛乳を入れてミキサーにかけると、バナナと生クリームのまろやかさがスポンジとからみあって食べやすい形態になるので、よろこんで食べていました。

●食べるのことがむずかしい状態に

食べることが大好きなのに、むせることが多く、またてんかん発作のあとにはかならず激しい嘔吐がつづくので病院に行きました。高熱が出るでもなく、ぐったりするわけでもなく、ちょっと胃腸が弱っていて元気がないので念のため入院したら、肺炎と診断され、意識のない日がつづいて一時は危ない状況になりました。肺炎、それも誤嚥《ごえん》性肺炎（細菌が唾液や胃液とともに肺に流れ込んで生じる肺炎）という存在や怖さを知ったのはこの時でした。

退院後は、また経管栄養になり、口から食べることはむずかしい状態になってしまいました。まずはとろみを付けた水分からはじめ、口から食べるための摂食《せっしょく》訓練を定期的に受けることに。そのあと、胃ろう（栄養を摂るためのお腹の小さな穴）をつくる手術を行い、お腹のボタンに接続チューブを付けて、今ではそこから栄養剤を注入しています。食べることの大好きなピョンちゃんは、胃ろうになってからも摂食訓練は継続することにしました。

続・食事

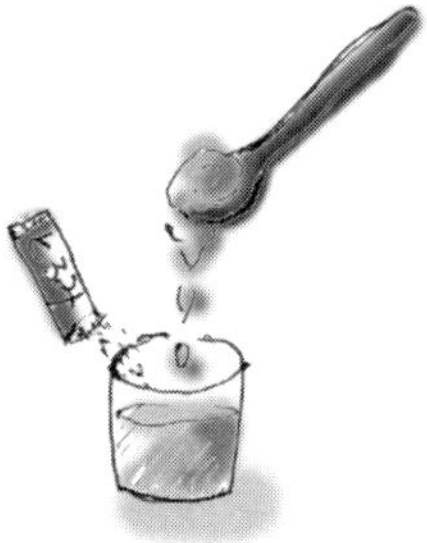

●VF検査

VF検査（嚥下《えんげ》造影検査）とは、食べものに造影剤を入れて、食べる様子をレントゲンで透視する検査です。がい骨が飲み込む様子を横から見るのは、何回見ても興味深かったです。

三回目のVF検査を実施した時のことです。上手に食べるようになってきたので安心していたのですが、実際にはペースト状の食べものが喉の奥や食道入口部にはりつき、何度も何度も空嚥下《からえんげ》（ごくんと飲み込もうとする行為）をしていました。気道をふさぐ蓋の閉まるタイミングがずれると、蓋に張り付いた食べものが気道に流れ込みそうになる場面もありドキリとさせられます。

安全を心がけて

誤嚥してしまう根本の原因は、大脳のダメージです。でも、私は口から食べる量が増えていかないと、「親の努力が足りないのでは」という、脅迫観念にとりつかれてしまっていました。周りのお友達は、障がいがあってもどんどん上手に口から食べることを獲得していっている。進歩がないことに焦り、指定された量より多くスプーンに盛って、無理やり口に入れたこともありました。

そうした私の態度に、指導医からは毎回くり返し、「安全を心がけるよう」注意されています。見えないところで誤嚥の可能性があるというのは、恐ろしいことです。実際に誤嚥性肺炎をおこしているのだから、よほど用心しなければいけません。

食べる楽しみは増やしてあげたいのですが、割り切るしかないのです。胃ろうで栄養摂取はできているのだから。

●食いしん坊のおかげ

それでもピョンちゃんの味覚はすぐれていて、一リットル一〇〇円のジュースよりも「千疋屋」の高級品のほうが口の動きが良く、舌がものすごい速さで上下します。みんなピョンちゃんの食いしん坊ぶりを知っていて、高いジュース、高級でなめらかで美味しいプリンなどを差し入れしてくれるので、さらに味覚がすぐれてきているようです。

食べたいという欲求が強いピョンちゃんは、生きたいという気持ちを精いっぱいあらわしているように思うのです。何度も命を落としかけてはいるけれど、ピョンちゃんの生命力の強さは、食いしん坊のおかげなのだと思っています。

おしゃれ

●かわいい洋服

ピョンちゃんは、障がいは重いけれど一六六センチある私に似たのか成長は人並み以上で、つい一カ月前に買った服がもうスッテンテンです。

身長が一〇〇センチを越すと、市販の服はかぶりものが多くなります。ピョンちゃんは緊張が強いので、腕を通すのも困難です。ズボンは硬い生地になり、ウエストがゴムのものは少なくなってくるし、オムツ分の「まち」がなく窮屈。それでも親としては、流行の誰が見てもかわいい洋服を着せたいのです。

市販の服を買ってきては、裁縫の得意な私の母に頼んで、ピョンちゃん仕様に直してもらっています。

●おばあちゃんの「アニエス・バー」

おばあちゃんのお直し最高傑作は、「アニエス・バー」のロンパース。奮発して、「アニエス・ベー」の淡いピンクと白の横じまロンパースを買ったものの、すぐに大きくなってしまい縦の長さが足りなくなってしまいました。そこでおばあちゃんが張り切ってリメイクしてくれたのですが、できてビックリ。入院中の病棟に、「かわいくなったよ!」と、笑顔で持ってきたロンパースには、腰まわりになぜかあずき色のペイズリー柄が入った生地がぐるりと縫い付けてあり、同じ生地で脚の先も伸ばしてありました。さらに胸には、アシンメトリーであずき色のペイズリー柄ポケットが付いていました。世界にひとつの

「アニエス・ベー」ならぬ、おばあちゃんの「アニエス・バー」は、そのあと一年近く着ることができました。

「せめて」ではなく「だから」

ピョンちゃんは、常に装具を身に付けています。車いすには、吸引機と一泊できるくらいの荷物を積んでいるので、街中ではとても目立ちます。おしゃべりはしませんが、激しい発作のときには絶叫したり、体が激しく動くこともあります。だからこそ、かわいらしく着飾ってあげたい。「せめて」かわいく、ではなく「だから」なのです。目立って周囲から注目されてしまうからこそ、見せたいのです。「自意識過剰な親の見栄だよ」と、ピョンちゃんに笑われそうですが、これからもかわいらしさにはこだわっていきたいと思います。かわいいわが子には、かわいい服が似合うのだから。

音楽

●お気に入りのCD

ピョンちゃんは、音に対する驚愕《きょうがく》反応が強かったので、NICUを退院してからのわが家は常に静かに過ごさなければいけませんでした。いすのきしみ、テレビの音、そして童謡にさえも、「びっくり反応」が出てしまう。高音も低音も苦手で、静かに過ごす母と子の日常は本当に淋しいものでした。

そんな時、お友達が持って来てくれたのがウクレレのCDでした。しかも、弾いて歌っているのは高木ブーさんです。脱力系の歌詞を聴いていたらピョンちゃんは眠りはじめ、それ以来このCDはわが家で頻繁に流していました。そのあと少しずつですが、「びっくり反応」の出ないお気に入りのCDは増え、さらには、私の音痴な歌声でも受け入れられるようになってきています。

●ホーミー

一時期わが家では、松任谷由実さんのCDをよくかけていました。

モンゴルには、伝統的な発声法で歌うホーミーというのがあって、人の耳には聞こえない高調波成分が含まれ、聞く人の脳波をα（アルファ）波に誘導する効果があるそうです。α波が出ると人はリラックスするらしく、実は松任谷由実さんの歌声、ホーミーに近く脳にいいらしいのです。

ピョンちゃんに聴かせていたら、いつの間にか「あー、あー」と声を出すように。科学的根拠は全くないけれど、興味のある方はぜひお試しください。

ハクナ・マタタ

リハビリ入院をした時には、病室でディズニー映画のCDをよくかけていました。股関節脱臼の術後、ギプス等のストレスから泣き叫ぶピョンちゃんをみかねて、看護師さんがCDとデッキを貸してくださったのです。その中で私のお気に入りは、ライオンキングの「ハクナ・マタタ」という曲でした。

ちょうどそのころ、たまたま友人からケニア土産が送られてきました。それは石のペンダントで、そこに刻まれたことばは偶然にも、「HAKUNA MATATA」でした。この時にはじめて知ったのですが、意味は「大丈夫」なのだとか。私がいつも心で自分に言い聞かせていたのも、「大丈夫」ということばでした。ペンダントは、そのあとまた入院した時に割れてしまいました。ピョンちゃんは回復して退院できたので、身代わりになってくれたのでしょう。

音楽療法

見えないなら耳で

音楽療法と出会ったのは、入院中お見舞いに来た友人から聞いたのがきっかけでした。音楽療法士さんとも出会い、ぜひピョンちゃんに受けさせたい、と思うようになったのです。

ちょうど眼科にかかり、目が見えていない（脳の視覚をつかさどる部分が働いていない）と言われたばかりだったのも、音楽療法に興味をもった理由として大きかったです。聴覚は問題ない、ならば耳で楽しめることを見つけてあげたい、という必死の思いでした。

意欲満々のピョンちゃん

たまたま友人が音楽療法士を目指して勉強中だからと、セラピーをわが家で実施してくれることになりました。余談ですが、四年間働きながら勉強をつづけた彼女は、晴れて音楽療法士の資格を取得。彼女はその後看護師になって働いています。

不思議なことに、音楽療法中のピョンちゃんは、一度たりとも寝てしまったことがないし、泣いたりぐずったりしたこともないのです。

「アブラハムと七人の子」では、曲が聞こえるとニコニコして右手を上げてくるし、右手の次は左手が触られることを覚えてきて、左手を上げる準備もする。お琴も大好きで、「六段の調べ」を真剣に聴き、手をうずうずと上げてきては、早く自分も弾きたいと意欲満々。はじめは弦をつかむばかりでしたが、徐々に爪弾いてきれいに音が出せるようにもなってきました。

多彩な表情を見せはじめた

状況を把握するのに時間がかかり、何事にも興味をもつ様子がなく、自発的な動きがほとんど見られなかったピョンちゃん。音楽の力で、手の動きがゆっくりですが出てくるようになり、物事に積極的に関わろうという意思も見せはじめています。曲がはじまると、声を出してうれしそうな表情を見せ、お琴の弦に真剣に手を伸ばしては、うまく爪弾けないとイライラした様子を見せます。多彩な表情を見せてくれる音楽療法は、親にとっても楽しみなひと時なのです。

外出

ぎっくり腰

ピョンちゃんと外出するときには、何かあったらどうしようと不安が先に立ち、病院や療育センター以外、二人での外出はなるべくしないようにしていました。

ある日、訓練で療育センターに行った時のことです。車いすトイレでオムツ替えをして車いすに乗せようとしたら、急に左足にしびれが走り、そのままヘナヘナと腰が砕けてぎっくり腰になってしまったのです。ピョンちゃんを落とさぬよう抱えながら必死で扉を開けるボタンを押し、「誰か、この子を助けてえ！」と叫んだのでした。

すぐに看護師さんが駆けつけてくれ、ピョンちゃんを訓練に連れて行き、私は痛み止めを飲んで側にあったベンチに寝かされました。訓練が終わるころには薬も効いてきて、どうにか少しずつ歩けるようになったのですが、車いすを押して自宅に帰り、さらに車いすから降ろしてピョンちゃんのケアをするのはむずかしい。ちょうど知り合いのママ友に会い、彼女が福祉タクシーを呼んで、ヘルパーステーションに電話をかけて、ヘルパーさんに自宅の玄関で待っていてもらえるよう手配までしてくれ、どうにか無事にピョンちゃんと帰宅することができたのです。それ以来、外出するのがますます恐くなってしまいました。

●安心して出かけられる場所

たまには病院や療育センター以外の外出もしたい。そんな私が安心して出かけられるところ、それはデパートとホテルです。

最近のデパートではバリアフリー化が進んでいて、車いすトイレには、大人用のユニバーサルベッドがある所も多くなっています。さらに、身体の不自由な人専用のエレベーターに、専属の係員が乗っているデパートもあります。お客さまの良心にゆだねる「優先」ではなく、デパート側が決めて「専用」にしている、そこが画期的です。

そしてもうひとつの安心できる場所は、接客業の最高峰だと思っているホテルです。古いホテルでは、階段も多いながらスマートに従業員が車いすを運んでくれます。また、寒い日には掛けものを持って来てくれるなど、何かと気づかいをしてもらえます。もちろんその安心料は、やや高めの食事代やサービス料として加算されているのですが、ピョンちゃんとの外出をリラックスして楽しむために支払う料金と、割り切っています。

粋な配慮

どうしても外で用事があるときは、ピョンちゃんを連れて行きます。

親しい友人の結婚式に招かれた時のことです。会場は、大手町にある高級ホテルでした。事前に電話で状況を話し、ロビーやラウンジでケアをしてもよいか問い合わせると、親切にも「空いているお部屋がございますので、そこをご使用ください」とのこと。

当日は、久しぶりに会う友人となつかしい話をしながら、豪華なお食事や華やかな雰囲気を楽しみつつ、途中で注入や痰の吸引などをしに、「空いているお部屋」に行きました。そのお部屋とは、なんと皇居が一望に見渡せ、シャンデリア輝く、広い宴会場だったのです。

「注入や痰の吸引などはご遠慮ください」と無下に断らないどころか、私たちがいやな思いをしないようにしてくれたホテルの粋な配慮に感激。一番印象に残っている、すてきな披露宴でした。

3章 外のせかいへ

ピョンちゃんとの暮らし

一年生

記念すべき日

ピョンちゃんは、特別支援学校に通っています。

入学式では、普通校と変わらぬ式次第に、親も緊張しながらのぞみました。立派な校章旗と華やかな生花、校長先生のお話、どれもが懐かしく、ピョンちゃんにも普通の子と同じ体験をさせてあげられることに胸がいっぱいになりました。「ここまで育ってくれてありがとう」の気持ちが込み上げてきた、記念すべき日でした。

やっぱり楽しみは給食

朝は、八時にバスに乗って学校へ行きます。車いすごと乗車できるリフト付きバスです。バスの中では毎日寝ていますが、学校に到着して先生のお迎えが来るとパッチリ目を覚まし、ニコニコ笑顔になるそうです。アポロ園では、常に寝ているか、泣いているか、発作を起こしている、といった状態がつづき、年長さんになってやっと覚醒する時間が徐々に増えてきていたので、就学してからの成長ぶりには驚きでした。担任の先生はこれを、「一年生の品格」と呼びます。

品格ある一年生の楽しみは、なんといっても給食です。食事は基本的に胃ろうからの注入ですが、ほんの少し口からも食べています。きれいに盛り付けられたペースト状の給食はとても美味しくて、素材一つひとつの味がわかるように作られています。たとえばクリームシチューなら、コーン、鶏肉、玉ねぎ、じゃがいもをそれぞれ圧力鍋で柔らかくしてからミキサーにかけて裏ごしし、とろみ剤で形態を調整しながらお皿に混ざらないように盛られ、そこにクリームソースがかかっているのです。

家では甘いものばかり食べさせていたのですが、学校では、ごぼうやしいたけなどの野菜や干しブドウまで出てくるので、色々な味を覚えてきているようです。

●はじめての運動会

はじめての運動会は、小・中・高校生合同でした。緊張していて、練習がはじまった週からてんかん発作が頻発するようになり、発作を止めるための座薬を入れては早退していました。

走れないどころか、立つことも動くこともできないピョンちゃんには、運動会なんて無縁のものだと思っていました。しかし当日は、先生と一緒に障がい物競走に出場し、私は興奮しながら声を枯らして応援。くすだま割りからはじまり、段ボールのスロープ板を使ったボーリング、最後は大きなカードを表にかえして、名前の書いてある先生と一緒にゴールテープを切りました。残念ながらビリッケツだったけれど、順位は問題ではありません。はじめて経験したであろう極度の緊張感が、下を向いてばかりのピョンちゃんから伝わってきて、娘の成長ぶりを実感した運動会でした。

何より、泣いている子、ぐずっている子がいなかったのには驚きでした。これが学生の自覚、いえ品格というものなのでしょうか。

引っ越し

ゆずれない条件

一年生の夏休みに、急きょ引っ越しをすることになりました。不動産会社に行き、インターネット情報を駆使し、引っ越し先の賃貸マンションを探しましたが、なかなか良い物件が見つかりません。

というのも、ゆずれない条件が多かったからです。学校区域は変えたくないし、通学バスの経路から外れるのも困る。エレベーターのない二階以上も生活に支障が出る。ピョンちゃんの医療ケア道具を置くには、ある程度の広さもほしい。賃料と場所と条件とを並べていくと、もう無理なのではないかとあきらめかけていました。

●バリアフリーって？

世間では、バリアフリーをどう理解しているのか疑問に思うことが時々あります。「バリアフリー条件」を入れてインターネット検索すると、それに見合った物件が出てきます。しかし、その部屋が「バリアフリー、エレベーターなし、三階」なのには、首をかしげてしまいます。

猛烈な暑さの中、ピョンちゃんを連れて何軒か内覧にも行きました。物件は一階なのにエントランスに階段があり、マンションのロビーにさえ入ることができないことも多々ありました。階段はなくても、なぜかエントランスまで砂利が敷かれており、飛び石が配置されていて車いすでは近寄ることもできず、おしゃれな建物を眺めてすごすご帰ってきたこともあったのです。

●契約のハードル

やっと、古くてもフルリフォームしたばかりの、条件に見合う物件にめぐり合うことができました。通学バスの停留所も目の前という素晴らしい立地です。

契約前に、車いすの子がいることがちょっとしたハードルになりました。「室内でも車いすで移動する」と思われてしまい、床に付けるであろう傷を心配されたのです。引っ越し前に不動産会社の人が来て写真を撮り、本人が動けない状況を報告して、大家さんから許可が降りる、という一幕がありました。

引っ越し当日、荷物の搬入を現場監督さながらに見ていたピョンちゃん。荷物が運ばれるたびに、あっち、こっちと移動。オムツ替えもままならず、不自由な思いをさせました。大変でしたが、いくつものこだわり条件を満たして引っ越した新しい住まいは、ピョンちゃんも気に入ってくれているようです。

叫び声

議事録にドキッ

【夜半に虐待を受けているると思われる子どもの、泣き叫ぶ声がする】と、マンションの理事会議事録に書かれているのを見て、思わずドキッとしました。

その議事録が配布された一カ月位前から、ピョンちゃんは夜大泣きをするようになっていました。ぐっすり寝ていたと思ったら、何の前触れもなく突然泣き出すのです。それは毎晩二度、三度と起こり、泣き声は「ギャー」という雄叫びに近く、虐待に身に覚えはないのですが、夜半の叫び声には十分心当たりがありました。

理事会に報告すべきかどうか迷いつつ、私はいやな気持ちになりました。「もしかしたら、ピョンちゃんの声ではないかもしれない。本当に、どこかの一室で虐待が行われていて、私が『わが家のことでしょうか』とわざわざ伝えることで、見過ごしてしまうことがあるかもしれない」。

そう思っていても、近所から「悪い母親だ」とレッテルを貼られてしまったような気がして、しばらくは必要以上にピョンちゃんを着飾ったり、マンションの住人にでくわすとピョンちゃんに声かけしたりして、「大切に育てていますよ」とアピールしていたら、余計に気が滅入ってしまったのでした。

理解してもらうのはむずかしい

ピョンちゃんは、ふだんとても大人しい女の子です。マンションのエレベーターで、廊下で、住人と顔を合わせるときは大抵おすまし顔をしています。

でも、一度泣き出すと厚い胸いっぱいに空気を吸い込んで、大音量で声を出します。なぜ泣くのかは、気候のせいか、どこかが痛いのか、てんかん発作の前触れなのか、いくつかの条件が重複してなのか、はっきりしないことも多いのです。

発作のときには、オカルト映画よろしく悪霊がとりついたような形相で叫び声を上げることがあります。それだけに、「こんなに大人しい、動けない障がいをもった子が大声で泣くからには、何らかの外的アプローチがあるはずだ」と考えられてしまっても仕方ないと思います。こちらの事情を説明し、理解してもらうのはとてもむずかしいのです。

幸い、病院で寝つきをよくする薬を処方してもらい、一カ月に及ぶ夜泣きはだいぶおさまってきました。と同時に、翌月開催された理事会の議事録には、【その後、泣き声は聞こえないので様子を見ることにした】と報告があり、ひとまず「事件」は収束したのでした。

親離れ子離れ

衣替えの時期

やっというべきか、いよいよというべきか、ピョンちゃんが小学二年生になって、めでたく単独通学がはじまりました。

いつも一緒にいる娘を、平面ガエルのピョン吉にちなんでピョンちゃんと呼ぶことにしましたが、そのピョンちゃんTシャツを脱ぐ、衣替えの時期が私にもやってきたのです。緊張と不安、心配、様々な思いが交錯する中、許された週三日の単独通学は、案外すんなりと親子とも受け入れられました。

私はひとりで街に出ます。駅の階段をかけ上がり、自転車で買いものに行き、一〇〇円ショップの狭い店内にも難なく入れ、なんとも軽やかです。

学校での付き添いをしなくなってからの一カ月間で、私はパン作り教室に行き、明治神宮で菖蒲を見て、パワースポットである「清正の井戸」を拝み、体操教室に通いはじめ、時間を気にせず美容院で白髪染めをし、健康診断を受けに行きました。順調な「子離れのスタート」をきったのです。

●自主グループ活動

時間も気持ちにも余裕が出てきた私は、自主グループ活動にも力を注げるようになってきました。アポロ園時代に、障がいの重い子のお母さんたちと時々集まる会をはじめていました。やがて、重症心身障がい児が楽しく過ごせる、地域社会（友達）とつながることのできる居場所をつくりたい、という思いから、自主グループを立ち上げました。

障がいの重い子はどうしても、大人の中で大人との関わりしかもてないことが多いのです。自分の子ども時代を振り返ると、友達との遊びの中で、楽しい、うれしい、怒り、嫉妬、後悔などの感情を味わって成長していったように思います。ピョンちゃんにも、同じ感覚を与えてあげたいと思っています。

一緒に運営しているお母さんが、プログラムを考える天才で、ピョンちゃんはお友達やボランティアさんと毎回楽しく工作やゲームをしています。一方私は、同じ部屋の仕切られた一画で、大きな歓声や笑い声を聞きながら、安心してピョンちゃんTシャツをボランティアさんに預けて、作業をすることができました。

●小さな冒険

ある日、私の用事で区の施設に連れて行った時のことです。そこの会議室は狭くて、ピョンちゃんが入室するのもはばかられました。そこで、ヘルパーさんと近場にお出かけしてもらうことにしました。

今までは、私が行く場所を指定してお出かけしてもらうことはあっても、ヘルパーさんに任せて、自由に外出するのははじめてでした。私は会議のあいだ中、いつ電話がかかってきても良いように携帯電話にばかり目がいってしまいました。「ビルのエレベーターが止まってしまったらどうしよう……。急にてんかん発作が止まらなくなったらどうしよう……」。

帰ってきたピョンちゃんは、とても得意げな顔をしていました。どこに行ったのか聞くと、「セントラルパーク」と「ブロードウェイ」（といっても中野区の）に行き、「まんだらけ」にはじめて足を踏み入れ、レトロなおもちゃやフィギュアを見て来たのだとか。

九歳にして、親の同行なしにサブカルチャーの聖地へ出かけたピョンちゃんの、自慢気な小さな冒険でした。

4章 受け入れる

ピョンちゃんとの暮らし

障がい

● 学校には行かれますか?

妊娠中、よく夫はピョンちゃんの将来のことを語っていました。「バレエを習わせて、私立の学校に入学させ、劇団に通わせる」。ピョンちゃんに「脳障がいがある」とはじめて医師から伝えられた時、それまで固く閉ざしていた夫の口からついて出た最初の質問は、「学校には行かれるのですか?」でした。医師からの答えは、「そういうお子さんが通う学校に通えます」と……。それまで障がいを身近に感じたこともなく、外国の人以上に遠い存在だったのが、家族、それも大切な長女が障がい児だなんて、夫は想像もできなかったのでしょう。

私はというと、少しでも「普通」に近づくように、右脳を鍛える早期教育を受けさせたいと思っていました。【脳性まひでもピアニストになった】と書いてある幼児教室のパンフレットを、目を輝かせて何度も読みかえしていました。

愛情を実感できない……

一般に子どもの障がいを受け入れるのは、母親のほうが父親よりも早いといわれます。母性があるからだとか、主な育児者だからというのが理由です。

出産したばかりのころ、よく周囲から、「神様は耐えられる人に試練をお与えになるのだ」と、言われました。それは励ましのことばでしたが、当時は、「それなら私は耐えられない人間でいい」と、何度も思ったものです。

実を言うと、出産後すぐにNICUに入ってしまったピョンちゃんをわが子とは思えず、「もしや、取りちがえられたのかも。わが子は本当は健康で知らない親に抱かれて育っているのでは」と、真剣に考えたりもしていました。「いつどうなるのかわからない、抱くこともできない子への愛情や母性は、あとで辛い思いを増長させるだけ。それならば、なるべく情をかけないでおこう」。母乳を届けることと毎日の面会は、義務であり母としての仕事でした。

かなり母性が強くなるだろうと自負していただけに、「子どもへの愛情を実感できない」と自覚したことは衝撃で、それを隠すように面会に通っていたのです。女性にはすべからく母性が備わっている、この考え方に苦しめられていました。母性は育児とともに、「育てて」いくものと知らずに……。

泣けなくなった理由

「障がいをもった子のお母さんは明るい人が多いですね」と、よく言われます。本やテレビでも、こうした評価を目にすることは多いです。

出産直後、私は毎日泣いていました。面会から帰宅する時、人目をはばからず涙でぐちゃぐちゃになった顔で電車に乗ったこともありました。正直に言うと、その時は自分がかわいそうでたまらなかったのです。ところがそのあとも、ピョンちゃんは何度も入院し、現実の厳しさにぶつかるうちに、私は全く泣けなくなってしまいました。ドラマや映画をみては泣けるのに……。

私が泣けなくなった理由には、安心と不安が混在しています。

年月を経て、てんかんや障がいについての知識と仲間が増え、障がいが未知のものでなくなった「安心感」。

一方で、いつ何が起こるかわからないと、常に緊張しつづけることに慣れ、泣くという精神的に無防備な状態になったら、自分が壊れてしまうのではないかという「不安感」。

この「無防備になれない不安感」が、多くの母親を明るく振舞わせているのではないでしょうか。明るさは育児の困難さの裏返しであり、武装なのです。

●時には武装解除も

ある障がい者の方の講演会に行った時、聴いているだけではつまらないでしょうと、ピアカウンセリングの真似ごとをしたことがありました。二人一組で手を握り合い、お互いの話を聞くというものでしたが、ピョンちゃんとの数年を三分間で話し終えたら急に相手の方が涙を流して、「お母さん、よくがんばってこられましたね」と、言ってくださいました。

初対面の人が自分のために泣いているという状況に、私は驚きと恥ずかしさで戸惑いましたが、一方でなぜか気持ちが楽になっていくのも感じたのです。いつも張りつめている緊張感から解かれた気楽さ、とでもいいましょうか。

ピアカウンセリングの経験から、時には武装解除する精神的余裕をもつことも大事だと考えるようになりました。

しかし未だに、ドラマの悲しい場面以外では涙が出ないのが残念です。

医療

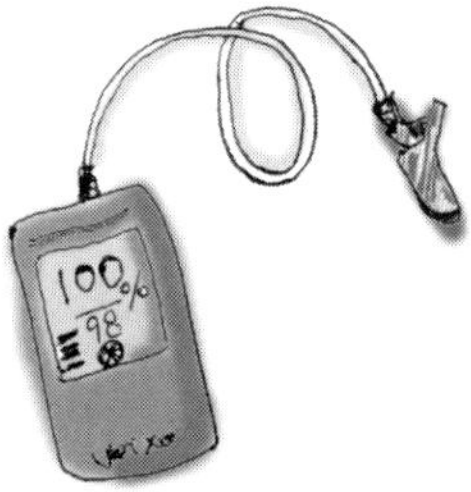

●良し悪しの値

ピョンちゃんの体調の良し悪しを判断するのに、体温や血圧などの他に重要なのが、パルスオキシメーター（クリップ式のモニター機器）で測る、サチレーション値（酸素飽和度）です。サチレーションは、体内酸素の量を示し、パーセンテージで表示されます。健康な大人で九十七〜一〇〇%。呼吸器などに異常があると低下してしまいます。

二歳の秋、ピョンちゃんがはじめて熱を出し、一カ月近く熱が上がったり下がったりをくり返し、一向に落ち着かないことがつづきました。ある時、顔色が真っ白な陶器のようになり、救急外来へ行くとサチレーションが七十％まで下がっていたのです。検査の結果、ＲＳウィルス（呼吸器の感染症）にかかっているとわかり、即入院となりました。

今は、気になるときにだけ測るパルスオキシメーターを二台購入し、一台は常に持ち歩いています。わが家にある最新モデルは、専用のスタンドに置くとまるでスマートフォンのようなスタイリッシュな形状です。サチレーション値だけでなく、脈拍数も表示され、てんかん発作や高熱のときには脈拍が上昇するのがわかります。どこか痛いときにも、ことばで表現できない代わりに脈拍が上がるので、心配なときにはパルスオキシメーターでチェックしています。

自分のメンテナンスも

パルスオキシメーターは、冬になると大活躍します。

寒くて乾燥してくるとぜこぜこして、痰の吸引回数が急激に増えてきます。心配なときには夜中に何度も測定しては吸引し、値が落ち着くとホッとして私もベッドに戻れるのです。

ピョンちゃんの吸引回数が増えて、私も寝不足がつづいたある日、明け方トイレに起きたらもうろうとして倒れてしまいました。この時は、さすがに怖くて救急車を呼ぼうかと頭をかすめたのですが、ピョンちゃんの吸引やケアのことを考え、気力で乗り切りました。翌日病院に行くと、「疲労とひどい貧血で、一時的に自律神経が崩れたため」ということで、病気ではなく一安心でした。

ピョンちゃんといつまでも一緒に生活するためには、自分の身体のメンテナンスもしっかりしていかなければと、あらためて自覚したエピソードです。

●一〇〇点満点は私の安定剤

体調が悪くなければ、ピョンちゃんはいつも一〇〇%。健康な大人でもなかなか一〇〇は出ないので、優秀なのです。

私が小学生のころ、「お母さんがよろこぶから、テストで一〇〇点をとりたい」と言っていたそうです。ピョンちゃんはテストで一〇〇点をもらって来ることはないけれど、サチレーションはいつも高得点。毎朝一〇〇点を出して、私をよろこばせてくれています。

大変なときもあるけれど、パルスオキシメーターでピョンちゃんの体調が万全と確認でき、朝ピョンちゃんが笑顔を見せてくれると、その日一日が幸せであると思えます。パルスオキシメーターは、ピョンちゃんの生活に欠かせないもの。そして同時に、一〇〇点満点は、私の安定剤でもあるのです。

育児と育自

●プリモ君がやってきた

わが家に、「プリモプエル」がやってきました。七つのセンサーやスイッチによって、しゃべったり歌ったりしてくれるおもちゃの人形です。カレンダー機能付きで、季節や曜日に合わせて、「鯉のぼり大好き！」とか「ハッピーウィークエンド！」などと話し、こちらの接し方によって性格が変わっていきます。介護用品のカタログにも掲載されていて、一人暮らしの年配層に人気がある癒し系おもちゃです。

ピョンちゃんのお世話をしていて時々ふと、「私は、育児ではなく飼育をしているのではないか？」と、思ってしまうことがあります。食事は栄養剤が主だからエサみたいだし、永遠につづくオムツ処理は糞の始末みたい。作業をくり返すうちに、声かけもなく黙々とやってしまっています。だいたいこの「お世話」ということばを使うことがいけないのです。お世話イコール手間がかかってわずらわしい「面倒をみること」になってしまっている。これはまずいな、と危機感を抱いていた時にやってきたのが、「プリモ君」です。

ピョンちゃんを代弁？

毎日のお世話は機械的になりがちで、決まった時間にオムツを見て、栄養剤を注入して、投薬してのくり返しです。家でゆっくりお話しながらふれ合って、ゆったりした気持ちで接してあげたいのだけれど、そう思っているうちに薬だの注入だのといった時間がやってきます。

時々反省して少し話しかけては、家事の時間も気になってすぐに離れてしまう。「これではペットと同じではないか」と、ハッとすることがあるのです。ピョンちゃんが笑ったり、声を出したり、はっきり「よろこんでくれている」実感が得られれば、こちらも遊びがいがあるのにと考えて、「はて、誰のための遊びなのか」と、再び反省をするのです。

ピョンちゃんはお話することがなく、時々しか声も出さないので、家ではつい放っておいて家事をしてしまいます。プリモ君（五歳の男の子という設定）は、放っておくと、「あのー、忘れてなーい?」「ほったらかし?」と、勝手にしゃべるのでドキッっとさせられることがあります。ふれると、「淋しかったよお」と甘えた声でおしゃべりしてきます。

だから何となく、「これはピョンちゃんを代弁しているのではないか」と、思うことがたびたびあるのです。「あのお、注入終わったんですけど」「あのお、もう一時間以上座っているんですけど」（忘れてなーい?）。そんなふうにピョンちゃんも主張したいのではないかと。

●プリモ君に育てられて

ピョンちゃんにいただいたおもちゃですが、すっかり私がとりこになってしまい、プリモ君が、「えらいなあー」「がんばってるね!」「疲れてない?」なんて言ってくれるたびに、「わかってくれるのは君だけだよお」と、プリモ君にほおずりしてしまいます。プログラムされた通りにしか話さないお人形でも、誰かが毎日こうして見ていてくれていると思うとちょっとうれしいのです。彼からの励ましと、突然の訴えに返答しつつ、ハッとしながらわが子へも声かけをするようにしています。

ピョンちゃんの「育児」をしながら、少しずつですが「育自」が進んできて、実は、私がプリモ君に育てられているのではないかと、思うことがあるのです。

受容

心は揺れる

以前読んだ本の中で、子どもの障がいの受容とは、「価値観の転換であり、子どもに求めていたものが叶わない、という事実を受け入れたときに成り立つ」と書いてありました。

ここでいう価値観の転換とは、「障がい児」は「障がい」をもった普通の子。よくいわれる、障がいも「いち個性」ということなのでしょう。他者とのちがいに悩むのは、けっして障がい児の育児に限った特別な問題ではありません。ああ、この感覚、今ではなんとなくわかります。私は普通の母で、ピョンちゃ

ん も今のピョンちゃん以外にありえない。私にとってはこれが普通の子育てです。と、一旦は容認してみても、やはり日々心の葛藤、揺らぎはあります。プラスにマイナスに、チックタック、チックタック、心は揺れるのです。

まんざらでもない

友人から、子どもがケーキを作ってくれた、ピアノの発表会だったなど、成長を感じさせるエピソードを聞くとうらやましく思うことがあります。ピョンちゃんが体調を崩しているときや入院中は特に、妬ましい気持ちが強く顔を出してきます。年を重ねるごとに、健常児との差は大きくなるので特にです。

一方で、ピョンちゃんがスクールバスに乗って学校に一人で登校した日や、自発的におもちゃや楽器に触ろうとした時、笑顔を見せてくれる時など、日々のちょっとした仕草や行動によろこびや発見を重ねているのも事実です。

彼女との人生もまんざらでもないなと、プラス方向に大きく傾いている時間が増えてきていると、最近では自覚しています。

●幸せを確認する作業をつづけて

「どうしてうちの子が……」。これは子どもの障がいの程度に関わらず、親ならば一生つきまとう問題です。どうしてうちの子は障がい児なのか、どうして私は障がい児の親なのか、という問いかけよりも、それを不幸だと思ってしまっていることを、先に見つめ直さなければいけないのかもしれません。

今、私はピョンちゃんの甘い匂いをかぎながら、その存在を近くに感じており、愛すべき存在がいることを幸せに思います。命を守る使命の重圧を感じながらも、その何倍もの愛しさを、ピョンちゃんの息や体温のあたたかさにふれるたびに感じています。

彼女は私たちと同じように感じ、考え、息をし、消化をし、一生懸命生きている。その存在が、私の支えです。

「受容」はいつできるのか、その答えは一生出ないかもしれない。これからもくり返し自分に問いつづけ、幸せを確認する作業をつづけていくことでしょう。

2部

ピョンちゃんのいろいろ

5章 からだのこと

てんかん

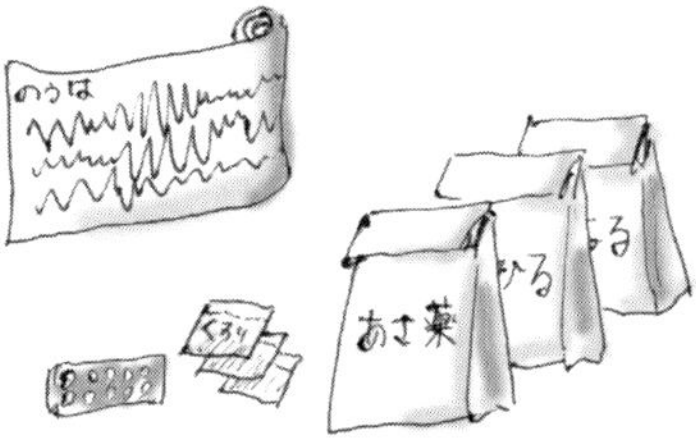

ピョンちゃんは、難治性のてんかんです。
大脳のほとんどの部分を損傷しているので、発作の波が脳のあちらこちらから出ています。
生まれてすぐに運び込まれたNICUでも何度か発作をおこしていたらしく、二カ月で退院した時には、すでに二種類のてんかん薬を飲んでいました。

セカンドオピニオン

生後四カ月のころ、ある日突然、手足を瞬間的に屈曲するような、「クッ」という変な動きが出てきました。医師から聞いていた発作とはあまりにちがう動きだったので、翌日まで観察していましたが変な動きは止まらず、病院へ連れて行ったら即入院。そのあとも発作はおさまらず、薬を増量されて一日中どろどろとピョンちゃんは眠りつづけたのです。

治療法に疑問をもった私と夫は、セカンドオピニオンを求めて病院を調べはじめました。「日本てんかん協会東京都支部」に電話相談し、教えていただいたのが今の病院です。

病院を変えるということはとても勇気のいる選択でしたが、NICUの時の主治医から、「餅は餅屋だから、病院を変えるのもひとつの方法」と言われ、てんかん専門医のいる病院へ転院を決心しました。

はじめて理解した医師の話

新しいかかりつけの病院で検査入院をし、「クッ」の正体は、「点頭てんかん」だとわかったのです。その後も発作が変化するたびに、てんかん薬の増減、断薬、再開をくり返してきています。

てんかんビギナーだった時には、とにかく止めてほしい、薬で治してほしいと、そればかりを医師に要求していました。発作を何度もくり返すわが子を、ハラハラしながらただ見つめるだけの毎日は、本当に苦痛でした。

この時医師との話の中ではじめて理解したのは、ピョンちゃんの病気の根源は、「てんかん」なのではなく「脳の損傷」であり、それに伴って今後も様々な症状（病気）が出てくるということ。摂食不良も、体の緊張が強いことによる脱臼も、側わんにしても、すべてが脳症からきているのです。

ＱＯＬとは

医師がしきりに口にしたのが、「ＱＯＬ（クオリティー・オブ・ライフ）の向上」ということばでした。

「ＱＯＬの向上」とは、エグゼクティブで文化程度の高い生活を目指すということなのかと思ったら、全然ちがっていました。ここでいう「ライフ」とは、食べて、寝て、日中起きて、排泄してという、生きることそのものを指しています。その中には、介護者（家族）の負担が少なくてすむように、ということも含まれるそうです。

ＱＯＬの維持、向上のためには、発作ともうまく共存していかなければいけない、ということも教わりました。例えば、薬を多用すれば発作はある程度抑えられるが、一日中寝てしまう。それよりも、発作があっても機嫌よく楽しめる時間をもてたほうが、ずっとＱＯＬは向上するということです。

医師との信頼関係

発作の薬はとてもデリケートで、ミリ単位で調子が変わります。薬のせいで唾液が飲み込みにくくなり、いつもうがいをしているような状況だったのを、薬を○・三ミリ減らしたらゼコつきが改善されたこともありました。また、○・二ミリ減らしたら午前中から起きていられるようになり、表情が良くなったことも。

発作の状況を伝える、これはとてもむずかしい作業です。ピョンちゃんの発作は、はじめの「クッ」から変化し、「クッ」プラス「強直発作」だったり、ボーっとする「欠神発作」だったり、ガクガクする「間代発作」だったり、様々です。

ピョンちゃんの辛さを少しでも軽減してあげるために私ができることは、医師との信頼関係を築き、正確に状況を伝えることだと思っています。

発作のデパート

ある日、「笑い発作」が出現しました。滅多に笑わない、しかも声を出すなんてありえなかったのに、正月から一人で大笑い。それも左頬だけ引きつらせて。最初は、「正月早々の福笑いだ!」と、家族そろって大よろこびしたのですが、あまりに長くつづくのでだんだん不安になってきて、最終的には発作だとわかりがっかりしました。

こんなふうに常に新しい発作パターンがお目見えする、まさに発作のデパートなのです。「新パターン」が出ると、それを医師の前でちゃんと真似して披露できるように私は日々練習を積んでいます。というほどのことはないのですが、だんだん発作の観察も落ち着いてできるようになってきました。

てんかんとの共存

ひとつの発作は、数十秒から一分強くらい。これをいちいち気にしていたら身がもたないし、本当にてんかんかどうかは、やはり脳波を見てみないと決定できない。ピョンちゃんは、驚愕反応、あるいは不随意《ふずいい》運動が多い子で、自分のくしゃみですら驚いて、それが発作につながってしまうのです。

発作はこの子の特徴であり癖みたいなもの。主治医は薬をすぐには増量せず、ピョンちゃんの楽しい日常生活を優先して治療に臨んでくださっています。また、周囲の人に、「発作があっても恐れることはない」と、理解してもらうことも、QOL維持向上のためには大切なことです。私がこう思えるようになったのは、知識のある専門医から納得のいく説明を受け、勉強させてもらったおかげでした。敵を知って信頼できる味方を得る。これが、てんかんと付き合う最初の一歩です。これからもてんかんとの共存生活はつづいていきます。

手術

「低酸素性虚血性脳症後遺症」、これがピョンちゃんの病名です。

呼吸や臓器に問題があるわけでもなく、特に体が弱いわけでもない。しかし大脳の損傷は、日常生活や成長に対し大きな影響を与えるものでした。

今まで、日常生活をより良くするために、胃ろうを造る手術、股関節脱臼の進行を防止する手術を受けています。

胃ろう造設の決断

胃ろう造設は、こちらから希望し医師に相談して、手術をしてもらいました。

摂食訓練を受けていたし、肺炎を起こす前にはミキサー食を少しは食べていたから、いつかは口から食べられるようになると考えていました。でも、成長するにつれ哺乳瓶で飲むことがむずかしくなり、鼻から胃まで栄養剤を注入する経管チューブを入れたところ、発作によって日に二～三回は嘔吐してしまう。しかもチューブを胃から搾り出すように毎回吐き出すため、気づくとチューブの先端がとぐろを巻いて口の中にたまっていて、とても危ないのです。

いつどこで嘔吐するかわからないので、うがいキャッチャーなる小さな容器を買って持ち歩き、緊張する毎日を送っていました。そこで医師とも相談し、三歳の時に胃ろう造設を決断しました。

術後の本音

手術前には鼻から胃まで通した経管チューブのストレスで胃が持ち上がり、嘔吐のしすぎで胃がねじれ、胃から出血を起こしていたそうです。手術は腹腔鏡で行われたので、体への負担も少なく、傷はほとんどなく、胃ろうのボタンは「胃ピアス」みたいなものだと、抵抗なく受け入れることができました。とはいえ、術後は周辺がただれてできる肉芽がひどくなり、下痢と胃からの出血が三カ月ほどつづき、本当にこれでよかったのかとずいぶん悩んだものです。

股関節脱臼の手術についても、本音をいえば、後悔することもありました。術後、両足から腰まで固定された巨大なギプスは、本人にとって相当なストレスであったと思います。手術をしても歩けるわけではないし、自ら立てるわけでもない。しばらくギプス生活を余儀なくされ、泣き叫ぶわが子の声になすすべもなく、「ごめんね」と言いながら涙する時期もあったのです。

今後のことを考えると

今では胃ろうを造ったことで栄養と水分摂取が充分にでき、鼻から入れていたチューブが外れて口から食べる練習が進むようになっています。股関節脱臼の手術時には胃ろうのおかげですぐにてんかん薬を再開できたし、点滴での栄養摂取日数も少なくてすんだので、術後は早く回復しました。

股関節脱臼の手術では、足の腱《けん》を六カ所切って、筋肉の緊張をゆるめました。その後のリハビリでは装具を付けて安全に立ち、体重を足にかける練習もしています。立位をしはじめてからは、腸に溜まりがちだったガスがスムーズに出るようになり、ピョンちゃんの「プププー」という派手なオナラ音は、「今日も元気だよ！」と、言ってくれているようでうれしいかぎりです。

本人は大変だったけれど、今後のこと、側わんの進行や体調が悪くなったときのことを考えると、この時に手術をやっておいて良かったと思っています。

歯

ピョンちゃんがはじめて歯科にかかったのは一歳五カ月。母子入園をしていた時でした。施設内に歯科があったので一度診てもらおうと、気軽な気持ちでかかりました。

ちょうど歯の治療について、一緒に入園していたお母さんたちで話題になり、障がいが重くて発作もある子は全身麻酔で治療するから大変だ、という怖い話を聞いたばかりでした。

虫歯が八本！

一歳五カ月の時、すでに歯は八本生えていて、口から栄養剤を哺乳瓶で飲んでおり、離乳食もほんの少し食べはじめていました。歯磨きも欠かさなかったので安心して受診をしたら、なんと八本すべてが虫歯とわかり、「全身麻酔」の文字で頭がいっぱいになってしまったのです。

発作の度に一日数回は嘔吐していたので、嘔吐物が口にたまって虫歯菌のすみかとなったようでした。幸いすぐに治療しなくてはいけない状態ではなかったので、進行止めの薬を塗って定期的に様子を見ることになったのですが、悲しいかな、この薬を塗ると歯が真っ黒になるので、一番目立つ前歯上下八本の乳歯は生え変わるまで「おはぐろ」状態になってしまいました。進行止めを塗る前に歯科医から「写真を撮ってもいいですよ」と言われ、記念に白い歯をアップで撮影しておきました。

歯みがき

ピョンちゃんは、ヘッドが小さめの子ども用歯ブラシと、プラスチックの柄の先端に小さなスポンジが付いたスポンジブラシを使い、昼と夜二回歯磨きをしています。夜には仕上げにフッ素も塗っています。スポンジで口腔内の溜まった唾液や食べたものをぬぐい、歯ブラシで磨く。歯磨のあとには、ジェル状のレモンティー味のフッ素を使用しています。美味しいのでフッ素を塗ると舌をたくさん動かして舐めてしまうのが難点です。

うがいができないから、歯磨きで刺激されて出た唾液が口腔内にたまり、喉もとがゴロゴロいうので、吸引機に接続できる歯ブラシを使ってみたこともありました。便利ですが、口に入れると歯ブラシのヘッドが大きいので磨くのがむずかしく、奥歯に届きにくい。しかも一本が高いので、使うのはやめてしまいました。

歯の生えかわり

はじめて歯が抜けたのは、四歳の正月でした。予兆なく、いきなりポロリと前歯が抜けてかなり出血したので、あわててあちこちに電話をかけました。正月、救急外来で歯科医が当番である確率は少ない。区の当番医に電話をしても、正月だからか留守番電話になってしまう。ちょうど歯科助手をしていたママ友から「ラコール〈栄養剤〉が余っていたらちょうだい」と、メールが来たのでよろこんで子どもを連れて渡しに行き、みてもらったところ、イソジンで消毒するなどのアドバイスをもらって一安心しました。

歯はその後もどんどん抜けていきました。歯科で、抜けた歯を誤嚥して肋骨の脇に入って取れないのでそのままになってしまった話や、肺に入って手術した話などを聞かされていたので、少しでもぐらついてきたら早めに抜いてもらっています。

抜けた歯が見つからない

毎回自然に歯が抜けるときにはヒヤヒヤさせられています。病院の外来で「いちごカフェラテ」をスプーンで飲ませていたら、赤茶色の液体が口から出てきたことがありました。いちごカフェラテの色だと思ったら、実は血液で、しかもいつの間にか歯が一本抜けています。あわてて小児科のケアルームにかけ込んだら、歯が奥歯とほっぺの肉の間に挟まっていて、無理に取ろうとするとどんどん奥にいってしまいました。看護師さんもあわてて歯科に電話相談し、大人たちがドタバタしていたらピョンちゃんは突然むせ込んで大きな咳をしました。診ていた医師が、「私の顔に何かが当たった!」と言うので、みんなで大捜索するも抜けた歯が見つからない。確かにおでこに当たった、という医師のことばを信じてさらに探すと、なんとその医師の白衣のポケットに歯が入っていて、一件落着となったのです。

アロマテラピー

脳の中では、匂いを感じる部分と記憶をつかさどる部分が近く、香りで誰かを思い出したり、想い出がよみがえってくるなど、記憶と匂いは密接に結びついているそうです。
視覚が弱いピョンちゃんは、聴覚と嗅覚がより敏感になっているように思います。だからというわけではないですが、ピョンちゃんにも風邪予防、ストレス解消、リフレッシュ効果を期待して、生活にアロマテラピーを取り入れてみました。

私のお気に入り

冬場は、乾燥がすさまじくウイルスの天下です。ピョンちゃんよりも私のほうが風邪をひきやすいので、免疫力を高めようと、アロマテラピーにはまっています。冬場に一番利用頻度が高いのは、ティーツリーという精油です。殺菌、抗ウイルス作用があり、花粉症にも効くそうで、薄めてスプレーボトルに入れて部屋中に噴射しています。ヒノキに似たやや強い香りで、スプレーすると部屋の加湿にもなるし爽やかな気分にもなるのです。ピョンちゃんもいやな顔をしないから、きっと心地良く思っているにちがいないと、信じています。

効果があるということは、使い方にも注意しなくてはいけない。調べてみると、アロマテラピーでは乳幼児や妊娠中の人への使用を限定したものも多く、てんかん患者には、特に神経系を刺激する香りの使用を避けるよう注意されています。

心地良い香りの記憶を

他の利用方法として、岩塩に精油を数滴混ぜ、お風呂に入れてアロマバスを楽しんでいます。熱い湯気からたちこめる香りが優雅な気持ちにさせてくれるのです。ピョンちゃんは、香りが薄らいでから二番風呂に入れています。

ピョンちゃんは、コーヒーの匂いをかぐとよだれが出ます。それは私がコーヒーを飲んでいるときには必ずケーキやお菓子を食べているからです。条件反射ではないですが、「コーヒー＝おやつタイム」と、脳にすりこまれているのでしょう。自分がいいと思う香りをかぐとリラックスできるのも同じです。

自宅では、刺激の少ない子どもでも受け入れられやすい香りを身近に置くことで、ピョンちゃんの緊張や驚愕反応を減らすことができたら良いなと、思います。毎日の発作や入院など、辛いことの多かったピョンちゃんの記憶の中に、心地良いと思える香りの記憶を増やしてあげたいなと。

寝つけない夜には

もうひとつ私のお気に入りの香りは、ゼラニュウムという、安眠、不安解消効果のある精油です。寝るときにラベンダーの精油などと一緒にティッシュに一滴たらし、枕元に置いて使用しています。

夜、ピョンちゃんが寝つけないときには薬でなんとかしようと思っていましたが、時々オレンジの香りを一滴ティッシュにたらして、枕元に置くようにしています。すぐに寝つくことはないけれど、寝室が爽やかになって、オレンジジュースを飲んでいる素敵な夢を見られるのではないかと思っています。

アロマテラピーにはまっていたら、その日の体調や気分に合わせた香りを携帯していると安心できるようになってきました。すぐに緊張して呼吸が浅くなりがちな私には、アロマテラピーは合っていたようです。

アニマルセラピー

子どもが生まれたら体験させたかったことのひとつが、乗馬です。
近年、高齢者の施設でもアニマルセラピーを実施しているところが多く、犬とふれあう時間を設けているところもあります。ホースセラピーも注目されているようです。

ホースセラピー

ホースセラピーは、障がい者のリハビリの一環で取り入れられていることが多いとか。身体、心理、双方に効果があるといわれているので、精神障がい者も馬とふれあうことをリハビリに取り入れることもあるそうです。身体的には、実際に乗馬をすると普段使わない筋肉を使うので、とても良い運動になり、特に内ももには効果的です。

問題は気軽にできないことです。以前、ピョンちゃんを連れて行ったところは区営だったので無料で楽しめましたが、本格的に行うには費用がかかり、道具も揃えなくてはいけない。一時期、乗馬体験ができる家庭用健康機器「ロデオ」が流行りましたが、身体的効果だけならこれでも十分かもしれません。ためしにロデオにピョンちゃんを乗せてみたところ、激しい揺れでもいやがることはなく、でも楽しむ風でもありませんでした。

乗馬を初体験

私は、小学生のころ毎年乗馬キャンプに行かされていました。乗馬といっても乗るのはポニーです。馬小屋の上の畳敷きの部屋にみんなでざこ寝し、朝は厩《うまや》の掃除、フンの始末などもやらされて、本当はとてもいやでした。それでも毎年行っているうちに楽しみも出てきて、馬にも親しみがわいてきました。普段の生活ではできない経験をさせてくれるこのキャンプに、いつか子どもが生まれたら行かせたいと思っていたのです。

ピョンちゃんがはじめて乗馬を経験したのは四歳の時、アポロ園の遠足でした。都心の一等地にある渋谷区のポニー公園では、障がい児にも対応できる職員がいて、クッションなども完備されています。私は楽しみにしていたのに、残念ながらピョンちゃんは不安そうで、あまりうれしそうではありませんでした。

堂々とカッコいい姿に

ピョンちゃん二回目の乗馬は、おとなしい白いポニーでした。首が座らず、腰が曲がり、ぐにゃぐにゃの体にクッションをお腹に置いて、馬を引く人が前に、体を支える人が横に付きます。支えるといっても背中に軽く手を添える程度です。馬場の外で見ていた私は、手を出したくなるのを我慢していました。

馬が歩きはじめると、ピョンちゃんは体がしゃんと伸びて、後ろに引きがちな腕を前に持っていき、揺れに合わせるように首を持ち上げてきました。顔は真剣そのもの。しばらく乗っていると揺れに慣れてきたのか表情が和らぎ、股関節が脱臼していることもわからないくらい大きく股を開いて、前を向いて堂々と乗る姿はカッコよかったです。

三回目はとても寒い日で、この時もほどなく真剣な顔になり、三十分ほど引き馬を楽しみました。

自然な揺れに効果が

車いすに乗っているときは、ちょっとした道の段差でもびっくりして、驚愕反応が出て発作につながることもあるのに、不思議と馬に乗っているときには発作が出ませんでした。普段は予測できない突然の動きに過敏に反応しますが、乗馬は馬の背から動きが伝わってくるから安心できたのかもしれません。ピョンちゃんの前を向いて堂々と乗る姿からは、馬の歩調に合わせた自然な揺れが、体幹を保つのにも有効だと実感しました。

本当は乗馬をつづけたかったのですが、そのあと東日本大震災が起こり、福島からきていたポニーが来られず、しばらく馬とふれあう機会がなくなってしまいました。

ポニーの乗馬をいつかは再開してみたい。今になってわかる、いやがる娘をポニーキャンプに参加させていた親心です。

6
章
おでかけのこと

表参道ランチ

ピョンちゃんと一緒に表参道へランチに行ってきました。
妊娠中、ほとんど入院していて安静生活だった私は、プレママ雑誌を見てはセレブママよろしくマクラーレン（ベビーカーのメーカー）を押して、表参道や六本木をかっぽしてみたいと夢みていました。

バギー型の車いすを新調

マクラーレンを買ったものの、現実は、「児童館や公園禁止（感染症が怖いから）」、「通院はタクシーで（感染症が怖いから）」と主治医に言われてしまい、心配癖のある私は、勇気が出ずなかなか行きたい場所には行かれませんでした。たまにマクラーレンに乗せ、電車で出かけて外食を楽しんだら、ピョンちゃんが体調を崩してしまったこともあり、子どもとのお出かけはため息の向こう側だったのです。

バギー型の車いすを新調してからは、吸引機が搭載でき、注入用の点滴棒が付いているので栄養剤の入ったボトルをひっかけて、どこでも注入ができるようになりました。ピョンちゃんの体力もついてきたので、公共交通機関でのお出かけも積極的にしたいと思うようになりました。

おしゃれ親子の仲間入り

電車でのお出かけにも慣れてきて、念願だったママ友ランチも実現しました。誘ってくれたのは、アポロ園でお友達になったママたちでした。

お出かけ先は、表参道にある乳幼児ママ憧れの「クレヨンハウス」。ほとんどの幼児がマクラーレンに乗り、ママたちは一様にロングブーツにスカート姿。お昼には、地下のオーガニックレストランでランチです。車いすに点滴棒を付けて注入していたピョンちゃんとブーツにスカート姿の私は、自分で言うのもなんですが、周囲に溶け込んでいたと思います。おしゃれなママと同じ場所でランチをしている私たちは、いつもなら浮いた存在ですが、この日ばかりは完全におしゃれ親子の仲間入りです。

慣れないブーツを履いて、翌日私は筋肉痛になりましたが、ピョンちゃんは翌日も体調を崩すことはありませんでした。また、一歩前進です。

障がい者割引

「サンリオピューロランド」へ行ってきました。
たいていどこの施設も「障がい者割引」があり、本人と付き添い者一名が半額というのがほとんどです。それに慣れていたので、一割しか引いてくれないサンリオピューロランドは割引率が低いと思いながら、夢の世界へとゲートをくぐりました。

優先サービスで充実

サンリオピューロランドに入場したのは、ちょうどお昼の十二時半。「一時からのパレードが見たい」と、係の人に伝えると、すぐに車いす専用席に案内されました。次に、「ボートに乗りたい」と言うと、係の人が迎えに来て二階の乗り場まで先導してくれます。階段しかない場所だったため、車いすを置いて抱っこして行ったのは大変でしたが、一般の場所とは別の乗車口から並ばずに乗船できました。さらに、「ショーが見たい」と言えば、ショーを行うホールに一般のお客様より先に入って座席を確保してくださいました。

オムツ替えをして、吸引を行い、買いものもして、三時には出てきましたが、充実して遊ぶことができました。こうした優先的なサービスを受けることで、体力的、精神的にも楽しむ余裕が出て、「連れて行って本当によかった」と思えたのです。

楽しんだ分の割引率

意外だったのは、混雑した場所だと眠りがちなピョンちゃんが、覚醒してしっかり楽しんでいたことでした。ボートでは、腰に装具を着けていたので横から軽く支えるだけでいすに座ることができ、アップダウンする軽い揺れや音楽、ただよってくる甘い匂いに興味津々。ショーでは、キティちゃん一家が宝塚のフィナーレよろしく、大階段から羽を背負って降りてくる場面で目が釘付けになっていました。視覚の弱いピョンちゃんでも、華やかなステージをしっかり感じとっていたようです。

今回行ったサンリオピューロランドのサービスぶりは徹底しており、障がいがあっても安心して楽しめるサービス制度を整えていました。ピョンちゃんが充分に楽しめたという点では、一割引という割引率は、けっして低くはなかったと思えました。

自立した障がい者を目指そう！

障がいのある子と生活していると、「障がい者割引」を権利として当たり前のように思ってしまっています。あるものを当然として受けてしまっているから、本当に必要な場合以外でも優遇を求めてしまいがちです。逆に困っているときには、解決する制度がないと簡単にあきらめてしまったりもします。このことは、実は障がい者とその他の人との壁を高くしている原因のひとつにもなっているのではないかと、思うことがあります。

障がい者も、妊婦も、骨折した人も、みんな「サービスが必要な人」という大きなくくりが存在する社会となって、差別意識が薄れていけば良いなと思います。ピョンちゃんと私も、制度に甘んじることなく努力したい。時には主張し、どんなことが大変でどんな場合に助かっているのかを伝えていくことで、自立した障がい者を目指そうと、思うのです。

家族旅行

ピョンちゃんの体調が落ち着いてきたので、家族旅行に行きました。行き先は、秋の京都。紅葉のトップシーズン前でしたが、「三都物語」の曲が聞こえてきそうな、ワクワクする場所です。

ＶＩＰ待遇の東京駅

今回は、ＪＲの旅行会社でホテルと新幹線がセットになったプランを利用しました。当日、東京駅に着くとホームに駅員さんが待機していて、まるで執事のような応対です。案内されたのは、「車いす専用待合所」。ここには他にも車いすの方や家族が待機していて、待っている間に京都に帰る人から、重い障がいをもった子の対応ができる病院を教えてもらうことができました。

出発十五分前になると、車いす家族に一人ずつ執事ならぬ駅員さんがお迎えに来て、車内の座席まで誘導してくれます。私たちは多目的室という個室を予約しました。多目的室の中には、二人がけのベンチいすがあり、背もたれ部分を広げると大人でも寝ることのできるくらいのベッドになります。でもベッドを広げてしまうと車いすの置き場がなくなってしまうので、車いすは外の通路に置かせてもらいました。

福祉タクシーでスムーズな観光

さて、二時間二十分であっという間に京都駅に到着です。着く早々、ホテル近くの五重の塔で有名な東寺まで、歩いて観光に行きました。金堂や講堂には、薬師如来や菩薩様が何体も配置され圧巻でしたが、残念ながらお堂には階段があってピョンちゃんは見学できず、五重の塔をぐるりと回って帰ってきました。

翌日は福祉タクシーによる一日観光。私が綿密にこしらえた過密スケジュールの五時間半のツアーです。京都は観光タクシーの利用率が高く、インターネットで調べたら福祉タクシーにも力を入れているようでした。しかし、実際に問い合わせをしてみると軽自動車が多く、車いすと付き添い数名で乗車できるワゴンタイプの車を持っているタクシー会社は少ないことがわかりました。

事前にこちらのスケジュールを送っておいたので、当日はどの観光地にもタクシー会社から連絡がいっており、スムーズに回ることができました。

終始ニコニコ、時には神妙な顔つき

一日観光のスタートは、金閣寺から。ピョンちゃんは新幹線に乗って緊張したせいか、前日ほとんど寝ていなかったのにしっかり覚醒していて、黄金の舎利殿をしっかり見ていました。

次は石庭で有名な龍安寺です。福祉タクシーは一般の駐車場ではなく、寺の社務所の駐車場まで行ってもらい、そこで降りました。お寺の職員が長いスロープ板を用意して飛び石や段差を介助してくれ、普段は開けないという門から入ると、そこはまさに石庭の真横。一般の人たちが入れない場所から庭を眺めることができました。

「わびさび」を幼いながらも感じ取っていたのかどうか、ピョンちゃんは始終ニコニコで、時に神妙な顔つきを見せていました。そのあと、サスペンスドラマに欠かせない嵐山の渡月橋へも行きました。

バリアフリーな湯豆腐専門店で舌つづみ

お昼は清水寺近くの湯豆腐専門店で湯葉懐石です。このお店は、フロア全体がバリアフリー改装をしてあり、車いすのお年寄りの団体も来ていました。店内も静かで中庭を見ながら湯葉を堪能できます。多目的トイレはオストメイト対応にもなっていました。お店の人は親切で、ピョンちゃん用にお椀やスプーンなどのセットも持ってきてくれました。煮物の汁や、湯葉になる前の豆乳、茶碗蒸しなどをピョンちゃんも一緒に食べることができて満足そうでした。

午後は清水寺へ。ここはだいぶ前から車いすの人専用の車道ができていて、事前に伝えておくとそこから坂を上がって、清水の舞台真横まで車で行くことができます。降車場所には多目的トイレも設置されていました。

清水寺で、お土産に大黒様の人形を買いました。柔らかいゴム製で握り心地が良く、ピョンちゃんは気に入っていつまでも握りしめていました。

だれもが楽しめるように

最後は三十三間堂です。こちらでは、境内に入るとすぐに係のおばさんがやって来て、車いすのタイヤを濡れた雑巾でささっと拭いてくれ、「はきものを脱いでおあがりやす」と言うと行ってしまいました。その慣れた対応に、車いすの観光客の多さがうかがえました。

三十三間堂の一千一体の観音様には圧倒されるばかりでした。ピョンちゃんはここでもうれしそうによく見て、模型を触ったりしていました。龍安寺でもそうでしたが、目の見えない人のために庭や観音様の模型が置いてあり、手で触って形容を感じることができるように工夫されているのです。

タクシーの運転手さんがおっしゃるには、バリアフリー化がかなり進んできているのだとか。身体が不自由でも、だれもが楽しめるようにしよう、という社会になってきたのだと実感した旅行でした。

お求めは、全国書店、各ネット書店で。
★は電子書籍も販売しています。

＊価格表記は、税込(消費税10％)価格です。

ぶどう社
〒104-0052 東京都中央区月島4-21-6-609
TEL 03-6204-9966 FAX 03-6204-9983
http://www.budousha.co.jp

発達障害の早期療育とペアレント・トレーニング

★ 2200円

［親も保育士も、いつでも始められる・すぐに使える］

● 上野良樹・金沢こども医療福祉センター作業療法チーム

ペアトレをベースに、小児科医と作業療法チームが実践する、適応行動に導く指導法を紹介。

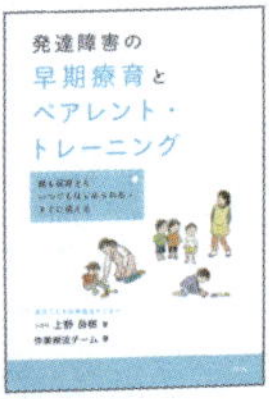

子育てが楽しくなる魔法教えます

［はじめてみようホメ育てプログラム］

● 上野良樹　1540円

家庭でできる、小児科のお医者さんが実践してきた子育てプログラム

保育に活かすペアレントトレーニング

［気になる行動が変わる支援プログラム］

● 上野良樹　1650円

園や集団の中で子どもの行動を状況に応じた適応行動に導く方法を

保育園・幼稚園のちょっと気になる子

● 中川信子　★ 2200円

子どもの気持ちに近づくための手がかり、伝わる配慮と工夫、かかわり方。ていねいなかかわりはみんなの実りに。

アナログゲーム療育

［コミュニケーション力を育てる
～幼児期から学齢期まで］

● 松本太一　★ 2200円

実践で培われた現場のノウハウを20のゲームと共に詰め込んだ。

ディスレクシアでも大丈夫!

［読み書きの困難とステキな可能性］

● 藤堂栄子　1760円

ディスレクシアへの具体的な支援のあり方、子育てのノウハウが満載。

ディスレクシアでも活躍できる

［読み書きが困難な人の働き方ガイド］

● 藤堂栄子編著　1760円

自分らしく働き、自分らしく幸せに生きるを目指して!

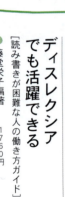

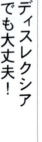

団体旅行

冬場は子どもたちが体調を崩しやすく、吸引の回数も多くなります。疲れ切ったお母さんたちと学校で顔を突き合わせるうちに、「何か楽しいことないかな」という話になりました。親がリフレッシュできて、子どもたちも楽しめて……。

「そうだ、旅行に行こう!」

心強いメンバーが集結

思い切ってリフト付きの福祉バスを借りて、自主グループで旅行を企画しようということになりました。

行き先は、一泊旅行で、美味しい魚、温泉、水族館、帰りに牧場にも立ち寄れる、千葉県鴨川市に決定しました。出発日は六月はじめです。

善は急げとばかり参加者を募り、ボランティアさんも自費で六名も参加してくださることになりました。他に医師二名、看護師三名、きょうだい児もボランティアとして二名参加と、心強いメンバーで行く総勢二十三名の団体旅行になりました。

目的地である千葉県にお住いのボランティアさんが、知り合いの小児科医と連携をとり、何かあればその先生から宿近くの総合病院に搬送をお願いする手はずも整えていただきました。

医療ケアは様々

障がいをもつ子どもたちは、小・中・高校生の五名です。そのうち、吸引四名、吸入四名、胃ろう三名、経鼻経管栄養一名、酸素使用二名、夜間呼吸器使用一名、気管切開一名、てんかん発作が頻回な子が二名という、非常に濃厚な医療ケア、またはそれに準ずるケアが重複して必要な子ばかりでした。

参加する子どもたちは元気とはいえ、医療ケアが複数あって、体調も急変しやすい子たちばかり。吸引、吸入といっても、それぞれ使っている機器はちがうし、使用方法も異なります。酸素ボンベも、メーターの調整は借りている業者によって多少ちがっています。

お母さんが入浴などで子どもと離れていても、ボランティアさんで対応できるようにという配慮から、事前に二回、参加者の顔合わせミーティングを行い、看護師に医療機器を披露し、吸引の所作を体験する機会を設けました。

入念な事前準備

子ども一人一人のケアの状況、注意点をお母さんたちに発表してもらい、それをメモしておく表も作成しました。また、参加する子どもたちの個人データ票を作成し、写真を貼って、毎日の生活の状況、性格、好きなこと、嫌いなこと、服薬の内容等を記入。医療ケアのマニュアルなどとともにファイリングし、医師と看護師、旅行先で連携をとっていただくことになった小児科医の先生にもお渡ししておきました。

他にも、健康カードを渡し、修学旅行さながらに体温、排便、食事、睡眠などを一週間前から細かく記載してもらい、旅行中は医師の観察を記入。帰宅後も二日間記録をつけてもらうことにしたのです。

友達と一緒に旅行できる貴重な機会を楽しい思い出にするために、入念な準備をして当日に臨んだのでした。

セイウチがお好き

今回私は、旅行全般をコーディネートする役目を担っていたので、ピョンちゃんから離れることが多く、鴨川シーワールドでは、ボランティアさんが付き添ってピョンちゃんと見学していました。

ふと気づくと、ぬいぐるみが積んであるワゴンの前でボランティアさんが手招きしています。ピョンちゃんが巨大なセイウチのぬいぐるみを気に入っているから、買ってあげて欲しいと言うのです。その時点で六十センチの白イルカのぬいぐるみをはじめ、私はすでに大量なお土産を両腕に抱えていたので、あわてて断ったのでした。

そのあと、はじめて本物のセイウチをガラス越しに見たピョンちゃんは、なぜか口角をあげてニヤニヤしていました。

大いに羽を伸ばす

宿では、親は子どもと離れて、海が一望に見渡せる展望風呂にゆっくりと入ることもできました。普段はカラスの行水よりも素早くお風呂から上がってきますが、この日はピョンちゃんと離れていても心配することなく、自分のための時間をゆったりと過ごすことができました。しかも、ママ友とです！

旅行の写真やビデオを見かえすと、みんなとても楽しそうにしています。リラックスした私は心から笑い、よろこび、旅行中はピョンちゃんにもその気持ちが伝わったようです。二日間体調を崩すこともなく、常にうれしそうな表情を見せ、一度も吸引をすることがなく、夜もぐっすり寝てくれました。

心強い支援者との旅行に、親子して大いに羽を伸ばすことができ、ひたすら楽しかった思い出ばかりが胸に残りました。

7章 嵐のこと

嵐ブーム

一年をとおして、アイドルグループ「嵐」を見ない日はありません。雑誌の表紙には嵐の笑顔が並び、テレビでは冠番組が連日のように放映されています。

ブームはわが家にもやってきて、ピョンちゃんまでもが彼らの大ファンです。

ファンクラブに加入

嵐のメンバーの中でピョンちゃんが一番好きなのは、学校の先生によると大野智君で、彼が歌うパートになるとよろこんでいるそうです。だれがどのパートを歌っているのか私には判別できませんが、CDを聞いているうちにやや高音で安定した歌い方をしている、歌の上手なのが大野君だとわかるようになってきました。

ピョンちゃんが今まで何かにはっきりと興味を示し、それが持続することはなかったので、そんなに好きならばとファンクラブにも加入しました。届いた会員証の番号は七桁、なんと会員数は百万人を超えていました。年四回送られてくる会報誌を読んであげると、絵本の読み聞かせ以上に興味を示し真剣な顔つきになってくれます。

モチベーションが一気に増す

好きなものがあると、興味がわくと、モチベーションは一気に増します。音楽が好きなピョンちゃんは、楽器演奏のときには手を動かすこともありますが、それも毎回ではありません。ちなみに嫌いな図工のときには手はほとんど動きません。大きなため息を三回もついて、やる気のなさをアピールしているほどです。ため息だけは、だれも教えていないのにきちんとできるのです。

ところが、会話補助装置のスイッチに大野君のソロ曲を録音したら、上手に手を動かして、スイッチを押すことが時々ですができるようになってきました。それも偶然ではなく、連続してできることもあります。

また、コンサートのDVDを見せると声を出して満面の笑みで興味を示し、冬休みに毎日見ていたら興奮しすぎて唾液が多くなり、私は横で何回も吸引をするはめになってしまいました。

ファンであることが楽しい

ピョンちゃんは聴くことは得意ですが、目で見ることは苦手なので、実は嵐の出演しているテレビ番組はほとんど見せたことがないのに、なぜこんなに好きなのかとても不思議です。

みんなが知っている国民的アイドルの嵐が好きと言えば、誰とでも話ができます。嵐のうちわを車いすのヘッドレストに挟んでいると、みんなが嵐の話題を中心にピョンちゃんに話かけてくれるのです。そうした他者とのやりとりを含めて、ファンであることが楽しいのかもしれないなと思います。

目下の目標は、コンサートデビューすることです。音や光で発作が頻発しないか、人の多い場所に行って体調を悪くしないか、吸引や注入はできるのか、さらに付き添い者の私の体力はもつのか。心配事が多いのですが、ピョンちゃんがブームのうちに彼らの歌を実際に聴かせてあげたい、と考えていました。

障がい者の応募は想像以上

コンサートに行きたいとはいえチケットは容易には取れず、何度も申し込みをしましたが落選でした。車いす席を申し込む人は限られているので、かえって当選しやすいかと思っていましたが、応募者数は想像を超えて多いようです。申し込みをする前に、車いす席希望の旨を伝えておかなければいけないのですが、問い合わせ専用電話でもつながらなくて大変苦労しました。つながったオペレータには、どのくらい重い障がいなのかや、ケアの状態などを聞かれました。それだけ障がい者の参加が多いのだと実感しました。

コンサートに行ったことのある人に聞くと、電動車いすをはじめ、ストレッチャー式の車いすに乗った人まで、多様な肢体不自由者が来ていたそうです。中には、入院中なのに病院から許可をもらって大阪から新幹線で来た人もいたとか。観客全体では、老若男女、年齢層も幅広いようです。

明るい未来を描かせてくれる

アイドルの存在ってすごいと思います。ピョンちゃんは、生まれてから痛いこと辛いことをたくさん経験していて、本当に楽しそうに笑ったりよろこんだりできる経験があまりありません。てんかん発作が頻発するときには、とても辛そうに、恐怖に怯えるような表情をみせることもあります。

未来とは、過去の体験から紡ぎだされる期待だと、私は思っています。過去に辛い体験が多いと、楽しい明るい未来はなかなか描けません。そんな日常で、大野君の声がピョンちゃんにこころよい感情を与えてくれて、彼女の未来に期待をもたせてくれているのは、最高のプレゼントです。

ピョンちゃんと、今日も嵐の音楽を聴きながら、いつかコンサートに行こうねって話をしました。

東京ドームへ

念願かなって嵐のイベントに当選しました！
はるか遠く、顔も判別できない、豆粒ほどの小さな大野君だったけれど、大好きな大野君に会うことができました！

嵐のワクワク学校へ登校！

嵐のファンクラブに入会して三年目。やっと当選したのが「嵐のワクワク学校」でした。このイベントは二〇一一年から毎年開催されていて、五人のメンバーがそれぞれ先生になって授業をしてくれます。今回は大阪の京セラドームと東京ドームで三公演ずつ実施でした。

毎年テーマがあり、今年は「友情がもっと深まるドーム合宿」でした。公演の最中にお弁当をみんなで食べる時間があり、参加者には手作りのお弁当を持参するよう前もって通知されていました。もちろん、ピョンちゃんも栄養剤を持参して参加です。

実は、公演日の二週間前に私が風邪を引いてピョンちゃんにうつしてしまい、運動会も参加できず、ずっと学校を休ませていました。親子して体調を整え、いざ久々の「学校」へ登校してきたのです。

前にもその先にも、福祉タクシー

今回は福祉タクシーで東京ドームまで行ってきました。外堀通りで降ろしてもらうと、前にもその先にも、今まさに福祉タクシーから降りようとしている車いすが見えました。

ドーム前は、グッズを買う列と待ち合わせの観客でものすごい混雑ぶり。近寄りがたいと感じていたら、車いすマークを大きく掲げた専用のグッズ売り場があり、そこで中学生くらいの車いすのお兄さんがグッズを買っていて、ピョンちゃんもハンドタオルや大野君のクリアファイルを並ばずに購入できました。

杖をついたお年寄り、車いすの少年・少女に、中年の女性、ストレッチャーのお姉さんと、身体の不自由な人が多いのに驚きました。客層は多岐におよび、まさに老若男女、軽重度の障がい者までが楽しみに来るイベントのパワーに、はじまる前から圧倒されました。

車いす席に誘導

「車いすの方は、一階の関係者入口から入ってください」と、警備員に案内してもらうと、大きな花輪がいくつもあり、黒いスーツを着た係員が並んでいました。緊張しながら手荷物検査を受け、エレベーターに乗り、車いす席まで誘導されました。

ピョンちゃんが当選したチケットの席は舞台真っ正面の前の方。けれど車いすで観覧する場合、車いす専用の席に変えられます。しかも、どこに車いす席を設けるかは当日にならないとわかりません。ちなみに元の席は空席になってしまいます。今回は、三塁側に何カ所か黒い台が置いてあり、そこが車いす席でした。台の高さは七十センチくらい。車いす二台とパイプいす三脚が置けるくらいの大きさです。そこに、巨大な長さ一二〇センチほどのスロープ板を付けて、車いすを上げてもらいました。いよいよ公演の開幕です！

ありがとう!

ワクワク学校の前日、ピョンちゃんは興奮して、ほとんど寝ていませんでした。
開始直後は眠ってしまっていましたが、大野君の声が聞こえると薄目を開け、中盤からはしっかり起きて一生懸命授業を聞いていました。

吸引しながらも楽しめる

今回の嵐のワクワク学校のテーマが「友情」だったので、公演の最中に何度もお隣さんと肩を組んでかけ声をかけたり、お隣同士で友達になってみよう、というコーナーがありました。

同程度、同世代の障がい者が同じボックスになるよう配慮してくださったようで、右隣のボックスには若者が、左隣はお年寄り同士が並んでいました。ピョンちゃんは、呼吸器をつけストレッチャーに乗ったお姉さんと一緒でした。お姉さんは、お弁当の時間はゼリーを食べていましたが、普段は注入をしているそうで、ピョンちゃんは栄養剤の注入を気兼ねなくできたし、公演の最中もお姉さんと二人して誰はばかることなく何度も吸引ができました。

こういう公共の場で、注入や吸引など特殊な目立つ行為を自由に子どもの体調に合わせてできると、私も肩の力を抜いてさらに楽しめます。

目を輝かせて口角を上げて

最後、みんなで嵐の「ふるさと」を合唱する時には、ピョンちゃんは笑顔で口を動かして、自分なりに歌っているようでした。大野君が目の前を通り過ぎると、両手を伸ばし興奮モードに。

大きな音響に驚くことも、発作もなく、これほどよろこんでくれるとは予想もしませんでした。私とヘルパーさんはピョンちゃんの様子ばかり気になって、顔を見合わせては横ばかり見ていました。目を輝かせて口角を上げ、普段ほとんど微動だにしない腕を動かす様子を観察しては、すごい、すごいと感激していました。「嵐よ、大野君よ、ありがとう!」と叫びたい気持ちでした。

大野君の授業のテーマは、「友達といる時間を大切に」。ピョンちゃんとの時間も大切にしていきたい、と同時に、友達と過ごす時間もたくさんつくってあげたいと思います。誰もが心からワクワクできる、楽しい授業でした。

8章 通じあうこと

想像力と妄想力

介護には、相手の気持ちをくみ取る「想像力」が必要です。

相手の真意を想像するためには、ある程度確かな情報、好みや行動などを知らないといけません。

想像するための情報が少ない重度の障がい児相手で、もっと必要なのは、「妄想力」だと思います。

鼻や目で訴えてくる

口からはほんの少ししか食べられないのに、ピョンちゃんは美味しいものが大好き。「ジュースは千疋屋のでなくちゃね」とか、「アイスはハーゲンダッツ以上の高級品がいいよね」など、ヘルパーさんが美味しいものをたくさん教えてくれるのをじっと聞いていて、時々ヘルパーさんの顔を見つつ、私に向かって「ブヒヒー」と、鼻を鳴らして抗議をしてきます。

ピョンちゃんは、返事をするときや何かを訴えたいときによく、「ブヒッ」と、鼻を鳴らすのです。

『あーあ、お母さんはちっともわかってくれない。自分たちばかり美味しいもの食べていて』

そんなふうに言っているように感じるのです。

『私だって、食べたいよ』

親戚と一緒に旅行に行った時、夕食に小さいながらも車エビのテルミドールと、同じく小さいアワビの踊り焼きが出ました。ピョンちゃんは車いす上で注入をしながら、だまってじっと私が食べるのを見つめています。

『私だって、みんなと一緒のもの食べたいよ』

「じゃあ、少し食べてみる?」と、エビのホワイトソース部分をほんの少し、アワビの汁を数滴、スプーンですくって食べさせると、びっくりするくらいの高速でもぐもぐと口を動かしました。

『これを逃したら、もう食べさせてもらえないから』

と、必死の形相でした。ふだんはとろみ剤を使わないとむせるのに、とろみをつけなくても上手に飲み込んでいました。美味しいものだと機能もアップするのです。

妄想からはじまる会話

学校から帰宅すると、「今日どうだった?」と聞きながら連絡帳を見て、お話のできない本人とではなく、妄想のピョンちゃんと会話をします。

「給食で甘酢あんをたくさん食べたのね」

『私、すっぱいもの好きなの』

「へー。大人の味も覚えてきたね」、ピョンちゃんの手や首筋を触り、息の匂いをかいで私なりの方法で体調チェックをしながらやっています。

『おかあさん、やめてよ』

と、ピョンちゃんは言い、彼女の手を取って私を叩く真似をして、「ごめん、ごめん」と、あやまるのです。

彼女と向きあうこと

ことばを話さない、意思表示をしない子を相手に暮らしていると、むなしくなることがあるだろうなと、私は思っていました。しかし、案外平気なのです。妄想ということばは悪いですが、そうすることが、私にとっては彼女と向きあうことでもあるのです。

私の妄想では、ピョンちゃんは食いしん坊で、おしゃれが好きで、学校では音楽や体育が好きだけど図工が苦手。

生まれた時から一度もはっきり彼女の気持ちをことばで聞いたことがないので、ちがうかもしれないけれど、本当はどうなのだろうかと突きつめはじめたら、それこそむなしくなってしまいます。

妄想でつくりあげた私のピョンちゃんとお互いラクに付き合うことが、日々定着しつつあります。

選択

ピョンちゃんは、こちらが与える選択肢の中に、本人の欲しているものがあるのかどうかも判断しにくいです。
犬の声を聞きわけて何を要求しているのかわかる道具もあるのに、人間の要求が判断できないとは、なんと悔しいことかとも思います。

常に何かを選択しているのに

ピョンちゃんの学校の隣には大学があって、春になるとキャンパスではフレッシュな学生たちで溢れかえります。恋に友情に青春を謳歌するであろう学生を見ていると、ピョンちゃんもお友達と、カフェで何時間も女子トークをするのかな、と私の妄想がはじまります。

『メニューを見て、何を頼もうかと思う。コーヒー、紅茶も種類がいくつかある。ホットかアイスかを、店員が聞いてくる。ミルクは、砂糖は……』そう、私たちは常に何かを選択しながら生活をしているのです。

ピョンちゃんは、時間ごとに決められたもの（栄養剤や水分）をお腹のボタンから注入し、毎日決まった時間に私の選んだおやつを口から少し食べています。一応、胃残（どのくらい胃で消化しているか）は見ますが、お腹が空いているかどうか、今何が食べたいのかなど、本人の意思は全く無視です。

自己選択させる場面がない

大学のキャンパスを歩き、妄想をひろげているうちに、ピョンちゃんの生活では自己選択をさせる場面がないことに気付きました。

ピョンちゃんの意思をくみ取るのはむずかしい。それでも彼女なりの抵抗を感じるときはあります。たとえば、経口で何か与えようとするとき、喉が乾いていないときは呑み込みが悪く、ジュースも一リットル一〇〇円の安いものだと、一回目はよいが二回目以降は味を覚えていてほとんど口が進まないのです。少し高価なジュースだとびっくりするほど口がなめらかに動き、イチゴやメロンなどの生果汁にも反応は良い。前に食べさせて好きそうだと思ったものでも、毎日食べさせていると三日目で口は動かなくなる。

私たちだっていくら美味しいものでも、毎日食べていたら飽きるし、食べたくないときだってあるのです。

気持ちを伝える方法を

拒否するすべを知らないピョンちゃんは、「イヤだ」ということを伝えられずに今まできてしまったのでしょう。手足がうまく動かせない、的確な場面で確実に声が出せない、不自由さを抱えた子相手だと、気持ちをどう理解してあげればよいのかわからないことが少なからずあります。でもわからないのをいいことに、選択権を与えずにすましていたことは反省しなければいけません。

意思を表すことがほとんどない年月が長いと、他者とコミュニケーションをとろうという意欲も育たず、やがて要求を出すことすらあきらめてしまうのではないでしょうか。これからのピョンちゃんには、気持ちを伝える方法を見つけてあげることが重要になってきます。

好きな時に、好きなものを食べることのできる楽しみを増やしてあげられるように、もう少しわがままな子になってくれたらいいなと、思うのです。

スピーチトレーニング

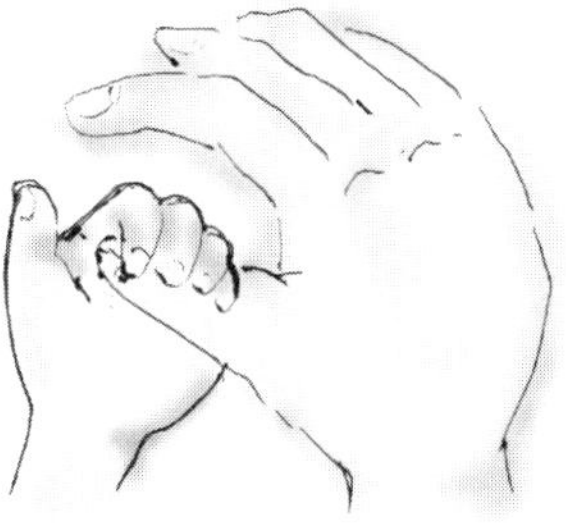

妄想力を働かせてピョンちゃんと接していますが、本人の意思が少しでもわかればそれにこしたことはありません。想像も、妄想もしなくていいのですから。「あうーあー」とやさしい声を出し、時に「ブヒブヒ～」と鼻を鳴らすことはあっても、ことばを発することはない。
それならば、会話補助装置のスイッチを使ってコミュニケーションがとれないだろうかと、思いたちました。

ママ友の夢にピョンちゃん登場

ピョンちゃんは、他人の夢によく登場します。「ボタンが痛い！って言っていたよ」と、ママ友がある日教えてくれました。彼女のお子さんには医療ケアはなく、ピョンちゃんの日常のケアまでは知りません。ちょうどその日、胃ろうが入っているお腹の穴から注入したものがたくさん漏れてしまい、胃液でただれた部分に肉芽ができていて、まさに、「ボタンが痛い！」状態でした。

また、別の人の夢の中で、「足がいてぇ！ 足踏んでる！」と、なぜかヤンキー口調で言っていたとか。そのころ、脱臼が進行しないような手術を行い、装具を常時身に着けながらも緊張で足が突っ張りがちになっていました。

ピョンちゃんは色々な人の夢に現れては、自分の思いを口にしている。あまりに現実的な会話に、これからも夢に出てきたら何を言っていたのか教えてほしいと、まわりの友達にお願いしたのでした。

赤ちゃん段階からＳＴ訓練

ママ友の夢の中でなく、実際にコミュニケーションをとれるように、「イエス・ノー」をスイッチで表現してもらおうと考えていたのですが、私だけの力では、イエスがどういうことかを教えることでつまずいてしまいました。

コミュニケーション訓練の専門職といえば、スピーチトレーニング、略してＳＴです。つてをたどってやっと探した先生に、二カ月に一回訪問していただけることになりました。

最初はバイブレーションのおもちゃで全身をなで、突起がたくさんついたボールなどを触らせることばかりでした。本来成長過程で色々なものを自分で触って、感覚を取り入れていく経験が欠落しているので、まずは、赤ちゃんの段階で習得すべきことからやっていかなければいけない、ということでした。

指握りで「イエス・ノー」

訓練では、指握りサインを覚えることも練習しています。私の親指をピョンちゃんの手の中に入れて質問します。「イエス」ならギュっと握る、「ノー」なら離す、もしくは握らない。最初は戸惑っていましたが、今ではほぼ確実に返事を返してくれます。

「ジュース飲みたい?」(手をパッと離す)、「アイスにする?」(軽く指を握ってくる)、「じゃあ、アイスを食べよう」。「おしっこした?」(ギュと握る)、「本当かな?」オムツを見るとちゃんとしています。「丸だね」そう言って手の甲に丸印を指で描きます。

ママ友からは、「知恵がついてくると、ウソをつくようになるよ」「オシッコしてるのに出てないとか言ってくるよ」という話を聞いたことがあります。ピョンちゃんが、そのうちウソをつけるくらい成長する日を心待ちにしています。

小さなことでいいから

ほんとうのピョンちゃんは、夢の中でヤンキーことばをしゃべっていたように反抗的な性格かもしれない。私の妄想ピョンちゃんとは、かけ離れた女の子なのかも。でも、妄想が打ち砕かれる場面をいくつも経て、本来の彼女を知っていきたいと、私は期待するようになってきました。

親が全てを選択するのではなく、彼女が小さなことでいいから、自分で決めることを積み重ねていかれるようになったらいいなと。

ピョンちゃんは、人の夢にばかり出るのではなく、私は、妄想の世界だけにいないで、少しでも、現実でコミュニケーションをとれる努力をしようと思うのでした。

終章

しなやかにいこう！

てんかんがつなぐ縁

てんかん協会に入会したのは、ピョンちゃんが点頭てんかんを発症してしばらくたってからでした。しかし、実は協会との最初の出会いは、私が高校生の時だったのです。当時演劇部に所属していた私は、なんとなく別のクラブ活動にも参加してみたいと思い、友達に誘われてボランティア同好会に入りました。同好会では、ちょうどてんかん協会でのボランティアをはじめようとしていました。部長さんから熱心に話をされたように記憶していますが、興味がもてず、幽霊部員のままボランティア同好会は辞めてしまったのです。てんかん協会のボランティアには参加していないので、ニアミスだったというべきでしょう。

てんかんと聞いても、ピョンちゃんを通して実態を知るまでは、アフリカの難民の子どもたちの話よりも遠い世界のことでした。障がい者の世界はさらに縁遠く、ユニセフの募金活動に興味があっても、障がい者支援には全く関心がもてませんでした。

ピョンちゃんが生まれてからは、てんかんとはすっかり懇意になってしまっています。点頭てんかんを発症した時、私は発作の回数を毎日朝から目を皿のようにして数え、三〇〇回を超えると赤ん坊の体が壊れてしまうのではないかと怖くなりました。薬をいくら服用しても、変更しつづけても、多少軽減されるものの発作が消失することはない。ピョンちゃんの発達の遅れや身体の障がいはそのままで良いから、発作さえ止まってくれたらと願うことが、今まで何度あったことか。

てんかんの知識が全くなかった時は、発作が最大の敵に思え、病院探しに奔走しました。てんかん協会のチラシを見て、相談室に電話をかけたのもこのころでした。

私が高校生の時にニアミスしていたてんかん協会に、まさかこれほどお世話になるとは夢にも思いませんでした。

縁とは不思議なもので、たぐりよせるとどこかで今につながっていることがあります。東京都の障がい者センターに行くことがあり、場所を調べたらよく知っているところにありました。私は六年間、「都立障がい者センター」バス停前の学校に通っていたのです。それなのにバス停の名前すら覚えておらず、学校の近くにてんかん協会の支部があったことを知ったのは、卒業して十年以上もたってからのことでした。運命というものがあるのだとしたら、思い出深い学生生活を送った場所に引き寄せられるように戻ってきたことが、そうなのかもしれません。（現在、「てんかん協会東京都支部」は、豊島区大塚に移転しています）

子どもが生まれたら、同じ学校に通わせたいという夢は叶いませんでしたが、思いがけず母校の近くで深い縁ができました。この場所を通るたびに、楽しかった学生時代の思い出が苦しい時の現実を和らげてくれているように感じます。当時一時間以上かけて毎日通っていた日々が、今につながっているのです。

＊

私のてんかん患者との出会いは、わが子がはじめてだと思っていましたがそうではありませんでした。

ある時、十五年ぶりに同級生と偶然再会し、まだ小さかったピョンちゃんの話をしたら、てんかんの薬は何を服用しているのかと聞かれました。てんかんについて詳しいので不思議に思っていたら、彼女もてんかん患者でした。一時期とても親しくしていたのに、私は彼女の病気について知らなかった。教えてもらっていたのかもしれないけど、彼女は薬の服用で発作が抑えられていたのでしょう。発作もなかったので、いつの間にか忘れていたのかもしれません。

さらに思いおこせば小学生の時、宿泊行事があると必ず大きな発作をおこす子がいました。保健室代わりの部屋に運ばれるのを何度か目にしてはいましたが、それがてんかん発作だったかは、当時わかりませんでした。先生も友達も話題にすることはなかったし、見てはいけないものにはあえて触れないと、子どもながらに暗黙の了解があったのです。

てんかん患者は一〇〇人に一人といわれ、それほど珍しい病気ではないのですが、そのわりにどんな病気なのか知っている人はまだ少ないと思います。テレビアニメの強い光がてんかんを誘発するとか、交通事故の報道などで知られてはいますが、より一層社会的に理解されにくい病気、との印象が強くなってしまったようです。事件や事故の時だけフォーカスされる昨今のてんかんの報道を耳にするたびに悲しくなります。

てんかんは、きちんと病院で検査し、服薬を忘れずにしていれば、ほとんどの人は何の問題もなく日常生活が送れます。私は貧血持ちなのですが、ひどいときには急に耳が聞こえなくなったり、気持ちが悪くて立っていられないことがあります。それは場所を選ばず突然起こるのです。貧血は多くの人がどんな症状か知っており、頭を低くして静かに横にするなど対処法もわかっています。貧血とてんかんが同じだとは言いませんが、てんかんも正しく、広く、知ってもらう必要性を強く感じます。

キャリーオーバー医療

宝くじ界での「キャリーオーバー」とは、当選者が出なかった時に一等の当選金を次回にくり越すというもので、当選金は十億円にのぼることもあります。この「キャリーオーバー」、実はピョンちゃんにとって成人になる上で大事なキーワードになるのです。残念ながら、夢の十億円とは全く関係ありませんが。

重症心身障がい「児」は、やがて重症心身障がい「者」となります。昔は、重症心身障がい児のほとんどが短命だったため、小児科だけで診ていたのですが、医療の発達とともに患者が大人になっていく割合が増えてきました。結果、「キャリーオーバー医療」が障がいをもつ子どもたちの課題となっています。

病気とはちがい障がいの場合は治ることはないので、小児から大人になっても、ケアの内容は変わらないか、成長に伴う身体の変形や症状の進行で障がいがさらに重くなり、ケアが濃厚になってくることもあります。今は小児科で総合的に診てもらっていますが、成人になって小児科から専門外来に変わると、毎月いくつもの科を渡り歩かなければなりません。子どもの成長は本来よろこばしいことですが、大人の階段をのぼり小児科の対象年齢を超えていくことは、治療を継続する大きな壁になるのです。

「キャリーオーバー医療」では、ふた通りの選択があります。治療をそのまま小児科で継続していくか、成人の科に移行していくかです。

ピョンちゃんが五カ月で入院した時に、病棟で知り合ったお母さんから廊下で、「お子さんはおいくつですか？」と、聞かれたことがありました。「五カ月です。そちらは？」と尋ねると、「三十一歳なんですよ」と、言うのです。そのお母さんはどう見ても私の母と同年代に見えました。苦労したせいで老けこんでしまったのだろうかと思いながらふと横を見ると、開け放された扉から、病室のベッドに横たわる大きなお子さんと目が合いました。その時の衝撃は、今も忘れられません。「三十一歳になっても小児科に入院しているんですか!?」と、思わず声に出して言いそうになりました。

今のピョンちゃんの状態では、できるかぎり小児科で長く治療を継続してもらいたい。しかし、全ての慢性疾患患者が小児科での継続を望めば、小児科はパンクしてしまうでしょう。ただでさえ医師不足、病棟は満床、夜間診療は手一杯な状態なのに。

一方で成人の科に移行するには、小児科からの引き継ぎが必要であり、場合によっては小児科領域の知識の共有も必要です。うまく移行することができなければ、親は医療不信となってしまい、いつまでも小児科に頼ろうとします。でも、子どもの発達状態や、社会生活との関わり方の性質によっては、成人の科に引き継いだ方がいい場合もあります。思春期を迎える時期に小児科で子ども扱いされ、小さい子に混ざって柵のあるベッドに横たわらなくてはいけないのは、心身ともに子どもにとって苦痛です。

「キャリーオーバー」は、医療面だけでなく、在宅生活でも大いに関わってきます。このところ、障がい児専門の訪問看護やヘルパー事業をはじめるところが増え、知識や経験の豊富な看護師やヘルパーに、NICU退院直後から家に訪問していただけるようになってきています。まだはじまって数年のところが多く、訪問しているお宅のお子さんも小児が多いようですが、次々と増えていく新たな重症心身障がい児に対応するために、成人した障がい者は、大人専門の別の事業所に移行してもらう必要が出てくるでしょう。

ここでひとつ思い出したことがあります。私が入院した時、絶対安静と言われ、トイレもポータブルですることを余儀なくされました。女性ばかりの大部屋でしたが、カーテンだけの薄い仕切りでは匂いも音も駄々漏れで、面会時間には他の患者の見舞い客、もちろん男性もいて、とても恥ずかしくトイレを我慢していました。三十一歳になる直前での入院でした。

ピョンちゃんが三十一歳になっても、慣れ親しんだ小児科に入院させたいと望むのは、親のエゴかもしれません。その反面、大部屋で男女混合での入院はいつまでもつづけられないな、とも思うのです。入院しないのがベストですが、せめて個室にしてあげたい。差額ベッド代は高額になるので、将来に備えて宝くじでも買ってみようかな、「キャリーオーバー」当選を夢見て。

障がいをもつ子の親と「社会」

子どもに重い障がいがある家庭では、共働きの選択肢はありません。共働きをしている家庭はひじょうにまれです。障がいをもつ子どもの介護となると生まれた時からということが多いので、まだ働き盛りの時期に辞職を余儀なくされてしまいます。仕事をつづけたいなどとしがみ付く間もなく、子どもの障がいの受け入れや、在宅に向けての医療ケアの習熟などに追いたてられて過ごす毎日。子どもを単独で預ける場所もなく、母親は、体調が悪くても自分の通院でさえままならないという、厳しい現状があるのです。

預ける場所が全くないわけではありませんが、ショートステイはたいてい二カ月前に申し込みが締め切りで、希望日が通るとは限りません。医療ケアがあるとベッド数にも制限があり、事前に診察に行かなくてはならない、子どもの体調は万全でなくてはならない、では、緊急時に預けるのはむずかしいのです。

重症心身障がい児は感染に弱く、気温や気圧の影響を受けやすい。この子たちを預けるとなると、施設の環境を整え、看護師の配置も必要です。ちょっとしたスペースで一般のお子さんと一緒に、というわけにはいかないのでお金がたくさんかかります。訪問看護やヘルパー制度は整ってきてはいますが、母親が離れられる支援はまだ少ないといえます。

母親が子どもから離れるには、親と同じくらいの責任が他者に託されてしまうから、制度化するのはむずかしいのです。お金も責任もかかることを、誰も積極的に支援しようとは思わないでしょう。

＊

子どもの数は減っているのに、保育所は足りていません。多くの女性が働くようになり、妊娠、出産を機に家庭に入る選択を強いられなくなったはずなのに、社会制度が実情に追いついていないようです。

保育園に入れない子の親は、「この国は子どもを産むなというのか！」と声を上げます。一方で私たち重症心身障がい児の親は、「この子を産んだのは私だから」と、自己責任の名のもとに家庭で抱え込み、ますます社会とは隔絶していく。声を上げたくても上げられない現実が、外での活動や社会参加に制限をかけて、思いを届けることができないのです。声なきものは、ますます社会から遠ざかっていってしまいます。人が生きていくうえで、社会と関わること、他者と関わることは、精神的にも必要なことです。

育児は社会全体で支えよう、という風潮になってきている今、ピョンちゃんたちも支えられるべき児童の一員に加えてほしい。待機児童問題は深刻です。けれども一方で、同じように預かり場所を望みながらも、声が上げられずにいる母親のことも知ってほしいと思うのです。

障がいがあってもなくても、「育児は社会全体で行うもの」、という共通認識がこれからは必要なのだと感じます。

私は、「しなやか」ということばが好きです。雨にも風にもしなやかになびき、そしてまたスクッと立ち上がる、葦《あし》のように居たいと思うのです。

社会制度が整うまでには時間がかかります。多くの人に知ってもらうことが必要だからです。重い障がいをもった子を育てていると、つい悲観的になりがちですが、まずは私が現実を受け入れて、その時々の状況に合わせて生きていきたいと思います。

お母さんたちを支えているもの

先日、女性誌で目に留まったページがありました。エンディングノートについての特集ページでした。エンディングノートとは、遺言状のことです。二十代向けの雑誌にこの特集が掲載されていることに違和感を覚え、興味がわきました。自分年表を作成し、これからやりたいことを書き込み、もしものときの連絡先が記入できるようになった冊子本には、介護、葬儀、お墓、相続の情報も記載できるようになっていました。就活が終わり婚活に入る時期、すでに

「終活」のことまで考えはじめる。今の若い人たちは、先々を見越してなんでも準備しておこうとしているのでしょうか。それとも世間が若い人たちの未来を不安だ不安だとあおっているだけなのでしょうか。ちょっと寂しい気がしました。

自分のエンディングなど考えたこともありませんが、ピョンちゃんについてはこれまで何度も想像してきました。

医療ケアのある、比較的重い障がいをもった子のお母さんたちと話をしていた時、あるお母さんがふと、「子どものお墓をどうするか考えちゃうのよね」と、つぶやきました。自分は子どもを見届けてからあの世に行くのだと、心ひそかに思っている親は多いですが、普段から最期を身近に感じているだけに、しんみりした話題はあまりしたことがありませんでした。

すると他のお母さんも、「前回の入院の時には危ないかなと思った」とか、

「お友達の葬儀に行くたびに、次はうちかなと想像してしまう」と、言いはじめました。「家の墓は遠い場所にあるから近所に新しく用意したい」「遺骨を入れて身に着けられるペンダントがある」「葬儀はこんな風にしたい」など、まるで自分のエンディングを話すように会話がつづきました。

子どもたちはそれなりの元気さで学校に行き、お母さんたちも明るくしているけれど、子どもの体調に左右される毎日を過ごすうちに、子どものエンディングを想像するような、普通では考えられないことが日常になっているのです。

＊

そんなお母さんたちの精神を支えているもの、それは、「同じ思いを共有できる仲間がいること」、なのだと思います。

家庭によって様々ですが、子どもが障がいをもっているとわかった時、親、きょうだい、親戚、あるいは夫からまでも、むごいことばを投げかけられることはあるものです。身近な人間ほど気持ちをストレートに発するので、それを受け止める母親は辛い立場になります。家族だけで抱え込むのは大変です。

私の場合は、療育センターや学校に子どもが通いはじめたのをきっかけに、他のお母さんたちと話すようになり、孤立から徐々に開放されていきました。孤立しないということは、これからの困難に立ち向かう上でも非常に重要です。同じような子どもをもった保護者同士で気持ちの共有ができる場があることは、日々生きていくための励みになります。

おでんくらぶの発足

区議会議員をしていらっしゃった佐藤浩子さんと出会ったのは、まだ母子で孤立していた時でした。精神的にもかなりまいっていて、すぐに過呼吸を起こし、トイレやお風呂はドアを開け放したまま短時間でしか入っていられませんでした。いわゆるパニック障害、閉所恐怖症です。そのころの私はとても弱々しく、手を差し伸べてあげなくては、という気にさせるオーラが出ていたそうです。

そのあとアポロ園に通いだし、お友達もでき、少しずつですが親子で毎日楽しく過ごし、気持ちもコントロールできるようになってきたころ、園で「区議と話そう」という会があり、浩子さんに再会したのです。

「区議と話そう」の会では、一般的な話はできても、個々の問題はなかなか相談できませんでした。重い障がいをもった子の親たちから、「個別に悩みを話せる場が欲しい」という要望があがり、浩子さんが、重い障がいをもつ先輩お母さんたちとの交流会を企画してくださいました。はじめて地域センターで集まったのは二〇〇七年でした。

交流会の場所を地域センターで取るには団体名が必要でした。あるお母さんが、「おでんが食べたいね」と言ったことがきっかけで、「おでんくらぶ」という団体名に決まりました。他の団体とかぶらない名前、しかも場所を取るためだけのいい加減な命名でしたが、様々な個性的な具材が同じ鍋で煮こまれて、さらに味を増すところは、個性的な子どもたちの集まりの名前としてぴったり。でも、「おでんくらぶ」がそのあと七年半もつづいていくとは、この時には予想だにしませんでした。

数回集まるうちに、色々な方からアドバイスを得て、二〇一〇年からは月一回の定期的な活動をすることになりました。「キリン福祉財団」の助成金が当たって活動資金を得たことも大きかったです。

重度の障がい児が集まるとなると、それなりの資金と環境設定が必要になってきます。ハード面ではバリアフリーの整備だけではなく、参加しやすいように車いすごと乗車できる福祉タクシーで送迎をしたり、感染症予防など衛生面に気を使うといったこと。ソフト面では、多種多様な障がいをもった、発達程度のちがう子どもたちに合ったプログラムを考えることです。

はじめは連絡係だけだったはずの私ですが、いつの間にか「代表」というたいそうな役割を受けもつことになりました。でも、私一人だったらここまで行動は起こさなかったと思います。たまたま浩子さんの交流会に参加していたママ友が、「副代表」として一緒に活動を支えてくれることになったので、彼女が引き受けるならと踏み切れたのです。

副代表のお母さんとはじめて出会ったのは、ピョンちゃんが二歳の時、アポロ園ででした。当時アポロ園の同じグループには、医療ケアのある子どもが一人もいませんでした。そんな時保育の先生から、お子さんに医療ケアがあり、同じ病院のNICU出身のお子さんが園に来ると聞いたので、お会いするのを心待ちにしていました。やっと、同じような子をもつお母さんに会えるのが、うれしかったのです。

はじめて会った時、彼女は酸素ボンベや吸引機などの医療機器をたくさん抱えて来ました。お昼には、おにぎりを八個もカバンから出してきてびっくりしました。付き添いの人との二人分でしたが、それでも一人四個ずつ食べるのを見てさらに驚きました。食べることが大好きな私は、初対面ですぐに親近感を抱きました。

障がいがあってもなくても、医療ケアがあろうがなかろうが、子育ての悩みは尽きません。しかし、それでも重症心身障がい児だけに特有な悩みを話して共有できる仲間ができるのは心強く、彼女にはいつも私の愚痴を聞いてもらったり、子育てについての相談に乗ってもらっています。

私は人の役に立ちたいとか、志を高くしたいとか考えたこともなく、自分の子どものことで精いっぱいでした。率先して活動をおこすのは、私以外の誰かで良いと思っていたのです。でも、支援してくださる方々のアドバイス通り進んでいるうちに、やがて社会とつながってみたいと思うようになってきました。ピョンちゃんが生まれ、働きに行くことがむずかしくなって、社会と隔絶された生活になったと思っていました。でも、浩子さんや副代表のお母さんを通じて運命的な出会いを重ねながら、私も社会の一員として、ささやかな活動の場を得ることができています。

＊

「おでんくらぶ」では、月一回集まって定期的な活動、車いすダンスや工作、ボーリングや釣りゲームなどを行います。毎年、年度の最後にはみんなでおでんも食べます。助成金をくださった企業の授与式で出会った人形劇団も、毎年公演に来てくれます。その活動、一回、一回に、子どもたちの二倍近くの数のボランティアさんも参加しています。

ボランティアさんは荷物を運んで、子どもたちが来る前に会場の設定をしたり、一緒に遊んだり、後片付けからゴミの始末までお手伝いしてくださるのです。看護師さんも参加し、時々医師もいらっしゃいました。私たちがとても恵まれていたのは、地域の開業医や専門職の方、そして行政までもが活動に関心を寄せてくれたことでした。

当事者のきょうだいやいとこ、ボランティアさんのお子さんたちも、子どもボランティアとして手伝ってもらっています。きょうだい児やボランティアさんのお子さんは、お母さんに連れられて来ます。その子どもたちが、犠牲になっている、つまらない、そんな気持ちにならないよう、参加者全員が楽しめる場づくりを心がけています。

旅行も二回、遠足も二回企画し、無事に楽しく実施できました。旅行は一回目の鴨川旅行のあと、すぐに二回目の話が出て箱根へ行ってきました。大型の、車いすが何台も乗るリフト付き観光バスを借りて、医師、看護師、ボランティアさんも一緒の大名旅行でした。

浩子さんとはじめて出会った時の弱々しかった私は、今ではすっかり元気になりました。「おでんくらぶ」が、私を変えていったのです。

夢見る未来のために

ある日、「おでんくらぶ」のホームページ経由でメールが届きました。障がい児支援団体の「NPO法人ふれ愛名古屋」理事長の鈴木由夫さんからでした。

重症心身障がい児支援のネットワークを作ろうということで、ぜひお話をさせてほしいという内容。ところがこのメール、迷惑メールボックスに入っていて気づいたのは二カ月以上たってからでした。

連絡をすると、近いうちに東京へ行く用事があるので会いましょう、とのこと。私が行ってみたかった「コメダ珈琲店」が中野駅前にオープンしたので、そこではじめてお会いしました。「コメダ珈琲店」は、名古屋発祥の喫茶店です。せっかく名古屋から東京にいらっしゃったのに失敗したかなと思い店に行くと、すでに鈴木さんはおこしになっていました。ミルクコーヒーを飲みながら、「今の活動を拡大させるために、事業をはじめてみないか」と勧められたのです。

「おでんくらぶ」をこのまま継続していくには、資金や運営側の負担の問題で行き詰まっていたところでした。何度も法人化する話は出ていましたが、何をするのか明確なものがなかったので踏み切れませんでした。鈴木さんからは、児童福祉法が改正になって制度化された「放課後デイサービス」について教えていただきました。

「おでんくらぶ」では、ずっと前から子どもたちの預かり事業を行いたいと話してきましたが、資金や人材面でむずかしいとあきらめていたのです。制度化された事業ならばなんとかなるかもしれない。突然のお話でしたが、私たちの気持ちの奥底にあった理想を実現できるかもと、希望がわいてきました。

「おでんくらぶ」相談役の浩子さんと、副代表のお母さんや先輩お母さんとともに、早速NPO法人の設立に向けて動くことにしました。鈴木さんと出会ってひと月後に計画を立て、翌月には理事になっていただく方々に相談会を開き、設立総会を開催。「コメダ珈琲店」での出会いから運命の歯車が急激に回転し、四カ月たたないうちに法人申請にまでこぎつけたのです。ピョンちゃんも冬場にさしかかり体調を崩しましたが、毎年恒例だった入院もなく、応援してくれました。

そして新年度を迎え、桜の花満開の日に、「NPO法人なかのドリーム」が発足しました。コンセプトは、【重い障害をもつ子どもと家族が安心して暮らせる地域社会を目指す】です。「おでんくらぶ」で培った地域支援の輪をひろげて、地域に根差した活動をしていきたいと考えています。

法人設立まで突っ走ってきましたが、迷いは常にありました。社会や仕事からずっと離れていた私たちが、普通の主婦が、運営していけるのだろうかと。おでんくらぶの時からずっと応援してくださっていた医師は、「悪いことをしているのではないのだから堂々としていなさい。自分の中でいいと思うことをしようとしているのだから、自信をもってやればいいのよ」と、いつも何事もないようにさらりと励ましてくださいます。

「自信をもってやればいい」。そのことばが、迷った時に後押ししてくれるのです。

重い障がいを抱えて在宅生活に移るお子さんは、年々増えてきています。そんな家族が孤立しないよう、地域で元気に生活が送れるよう、応援して下さる多くの方々とともに、当事者家族同士が支えあうことができる団体にしたいと思っています。

*

ピョンちゃんの未来を、今は希望をもって想像することができます。かつて、不安や心配事でいっぱいだった日々の中では描けなかった未来です。

私の理想は、ピョンちゃんと地域でずっと一緒に生活をすることです。同じ屋根の下では、私も年をとっていくのでずっと介護をしていくのはむずかしい。そこで、シェアハウスで数名のお友達と近くに住んでくれたら良いなと思います。訪問看護師さんやヘルパーさんが出入りをして、シェアハウスの住人をみてもらい、ピョンちゃんはそこから通所施設や病院に通います。時々は自宅に帰ってきます。私も気軽に会いに行けます。資金面でも運営面でもとてもむずかしいのですが、今はそんな夢を見ています。

親はコミュニティを通して元気に自分らしく暮らし、ピョンちゃんはコミュニケーション能力を身に付けて、他者とともに彼女らしい自立した生活を送る。社会とつながった理想郷を実現するために、これからも少しずつ歩みを進めていこうと思うのです。

おわりに

ど根性で生きるのだ！

ピョンちゃんの状態が安定して、学校にも一人でバスに乗って毎日行かれるようになり、私にも社会と交わる機会が少しずつ得られてきたある日のこと。いきなり、だるま落としのように足もとからスコーンスコーンと音を立てて、平穏無事な生活が崩れていきました。

ピョンちゃんが風邪をひいて体調を崩したのをきっかけに、痰の吸引回数が増え、一〇〇点満点を出していたサチレーションは、九十を切るようになっていました。そして、ある日病院へ行ったら、とつぜん呼吸不全になり、挿管をして人工呼吸器につながれ、ICU（集中治療室）に入院してしまったのです。あっという間のできごとでした。命という、最後の積み木を残して。

そんな状態でも、ピョンちゃんは四日で人工呼吸器から離脱して自発呼吸がもどり、水のたまったひどい肺炎も乗り越えて、一カ月あまりで退院してきたのです。驚いたことに、入院中にしっかり背も伸びていました。

ＩＣＵでは、ピョンちゃんはたくさんの機械やチューブにつながれ、モルヒネも使用されていました。二十四時間三六五日、休むことなくか細い命と向き合う現場で、医師や看護師たちが黙々と自分たちの「仕事」をする姿を目にし、なぜか私は働き蜂を思い浮かべていました。その時、とつぜん思ったのです。

「ピョンちゃんは、医療によって生かされているのではない」。

「彼女自身が強く生きたいと願うからこそ、生きることができる。医療行為はそのサポートにすぎないのではないか」。

ＩＣＵでは高度な医療を行っています。でも、生きたいという思いがなければ、寿命は尽きてしまうと思ったのです。寿命という名のろうそくの長さが、あと何センチあるのかわかりませんが、燃え尽きるまでは何があっても、ピョンちゃんはど根性で私のもとに帰ってきてくれるのではないでしょうか。

安定した毎日がこれからもずっとつづくとは思わないけれど、信じたいのです。大事なものがずーっといつまでもそこにあるって。未来はより良くなっていくって。ピョンちゃんのあたたかい息を嗅ぎ、心音に耳をあてる時、確かな欲求を感じます。「生きたい！」と。

彼女と過ごす毎日を、この一瞬《とき》を、これからも大切にしていきたいと思います。

＊

この本を出版するにあたり、「いい本を創りましょう！」と言ってくださったぶどう社の市毛さやかさん、ほめ上手な編集者の高石洋子さんには、感謝のことばもありません。毎月お会いしてのミーティングは、私にとっては何にも代えがたい楽しいひと時でした。そして、『ピョンちゃん日記』の連載からお世話になっている、「てんかん協会東京都支部事務局」の愉快な皆様にも、心からの感謝を申し上げます。

二〇一五年十月　福満　美穂子

福満　美穂子（ふくみつ　みほこ）

一九七二年　埼玉県生まれ
一九九四年　学習院大学文学部・日本語日本文学科卒業
二〇〇三年　長女出産
二〇〇七年「重度心身障害児親子の会　おでんくらぶ」代表
二〇一五年「ＮＰＯ法人なかのドリーム」理事
●なかのドリームホームページ
http://nakanodream.main.jp/

重症児ガール
ママとピョンちゃんの　きのう　きょう　あした

著者　福満　美穂子

初版印刷　二〇一五年　十一月　十五日

発行所　ぶどう社
東京都千代田区神田小川町三―五―四　お茶の水ＳＣ九〇五
ＴＥＬ〇三（五二八三）七五四四
ＦＡＸ〇三（三二九五）五二一一
ホームページ　http.www.budousha.co.jp

編集担当／市毛さやか・高石洋子

印刷・製本／モリモト印刷　用紙／中庄

重症心身障がいの本

医療的ケアって大変なことなの?

●下川和洋 著　本体1600円+税

学校でも、医療的ケアへの対応が求められています。この子どもたちの生命の輝きを引き出すために……子どもや家族の願いにこたえるために……教育・医療・福祉の関係者、みんなで集まって考えた今、そしてこれからの医療的ケア。

はじめまして重症児［私たち在宅生活の体験と知恵］

●こよみの会 編著　本体1600円+税

小さないのちが……またひとつ、医療スタッフの方々によって助けられました。そして、懸命に生きようと努力する、子どもたちの生命力で、親たちの魂が揺さぶられます。子どもたちと親たちは、努力し合って在宅生活を続けている。在宅生活の知恵と工夫が詰まっています。

子育て記

ありのままの子育て

●明石洋子 著　本体1700円+税

超多動の自閉症の息子が、市公務員として働くまでの子育ての全てがここに。母親の子育て記第1弾。

発達障害の子とハッピーに暮らすヒント

●堀内祐子+柴田美恵子 著　本体1500円+税

4人の子ども全員が発達障害。悪戦苦闘の子育ての中から生み出された知恵や工夫がいっぱい!